喜歡♡
的證明式

瑞昇文化

純愛學園。數學老師喜歡的證明式　目次

—成田國際機場—
Narita Airp
五年沒回來日本了⋯⋯！
七瀨圓　國3
我的設計師媽媽在日本創立新的品牌。
小圓能跟著我一起回來，真是太好了～
我也跟著從英國回來了。
B
到着ロビー Arrival Lobby A→
這樣一來，媽媽就能全心工作了！
媽媽不擅長做家事呢⋯
那個女生好像模特兒哦！
臉好小耶
好啦好啦
走路要看前面不然會撞到哦！

……不知道解人過得好不好？
心跳得好快！
馬上就能見面了——
自從五年前的那一天起
我就從來沒有忘記過……
6年前
每當放學之後，當時唸小三的我總是直接走到隔壁的三井家。
三井

嗯～
小圓！
先吃點心再唸吧！
餅乾耶！
我回來了～
解人回來了！
ぱあっ
喀嚓
哇!!
歡迎回來～!!

真是的
這樣很危險耶！
三井解人 高3
當時爸爸在倫敦的大學當教授。
我跟忙碌的媽媽兩個人一起生活。
所以放學後，我多半在三井家度過。
啊！
又是情書？
三井解人さま
討厭啦
解人是我的～
好啦好啦！
還我吧。
啊

話說回來
快點把作業拿來給我看！
三井解人さま♡
解人在高中好像很受女生的歡迎。
他長得這麼帥，這也是沒辦法的事…
等我長大之後，我一定要變得更可愛才能配得上解人！
喂
快點寫吧！
我最喜歡解人了！
嗯。
可是——

當媽媽的工作告一段落，
小四唸到一半我們就到倫敦跟爸爸一起生活了。
你絕對不可以忘掉小圓哦！
妳在說什麼傻話，這是當然的啊！
約好了哦……
五年不見的甜蜜家庭～
我回來了
ブロロ…
喀搭
ガタッ
バッ
我去隔壁一下！
見到我的時候解人會是什麼表情呢？

解人!?
咦?
…小圓!?
我一直都好想你哦~!!
還是本人比較帥!
……

我還以為妳比較懂事了。
小圓還是一點也沒變。
我說小圓…
ガシャーン
※摔破聲
小圓!!
救救我!!
是媽媽…
她在叫妳了。快點去吧!
可、可是…
好不容易才到見面…
以後每天都能見面了!
明天見。
晚安。
啊、嗯
晚安…
不過——

【第1章】

妳好，七瀨同學。

「媽媽！起床了、起床了！轉學的第一天可不能遲到啊！」

「唔……。已經這麼晚啦……？」

媽媽昨天忙著整理行李，一直到半夜才睡，她一臉愛睏的走到浴室洗臉。

在英國的時候，我的工作就是準備好早餐再叫媽媽起床。

不過我昨天晚上太興奮了，一直沒辦法入睡。

因為事隔那麼多年，總算見到我最喜歡的解人了！

解人穿西裝的樣子好帥哦！他已經出社會了吧。不知道他在哪一家公司上班呢？

他說了「明天見。」表示我今天也可以去找他吧。太好了！

我滿心期待的吃著烤吐司，媽媽從浴室走出來說道。

「對了，對了！我昨天半夜接到通知說今天要拍雜誌。小圓，對不起，妳可以自己一個人去學校嗎？」

「蛤！第一天就要一個人去哦……！」

「真的很對不起！不過小圓妳一定沒問題的。妳知道怎麼走嗎？」

從今天起，我要到解人讀過的國中上學，學校就在附近，所以我知道怎麼走。

話說回來，自己一個人去新學校，還是有點忐忑不安……。再說我已經好久沒過日本的生活了。

「媽媽已經打電話跟學校打過招呼了。媽媽會好好努力，所以小圓也要加油哦！」

我沈默的點點頭。

吃早餐的時候，媽媽的手機也一直響個不停，都是工作的電話。

媽媽的工作很辛苦，所以我千萬不能讓她擔心。自己的事情一定要自己處理做好！

我對送我到玄關的媽媽揮揮手，穿著嶄新的制服走出家門。

這件制服是在英國的時候上網買的，這陣子我又長高了。裙子會不會太短呢？

不過我在雜誌和網路上看到的日本女生，制服的裙子都很短，應該沒問題吧？

春天溫暖的陽光灑落在懷念的人行道上。……我真的回來了耶。

我不禁感慨了起來，這時我聽見歡樂的笑聲。那些學生穿著跟我一樣的制服。

新學期已經開始一個星期了，應該已經有一些感情比較好的小團體了吧。

我可以融入其中嗎？

……沒問題，一定不要緊的！我的座右銘就是「凡事都要正向思考」！

我走在後面，用目光追逐她們的背影，不久就抵達國中的校門。

在英國的時候，學校裡都是直接穿鞋子，所以我好久沒在入口換穿室內鞋了。
我興奮的抬頭看牆上的校內引導圖。
媽媽叫我到學校之後，先去教職員辦公室找島田老師。
「打擾了……」
我畏畏縮縮的從教職員辦公室的入口往裡面瞧，站在門口旁邊的女老師看著我。
「請問、島田老師在嗎？我是轉到三年一班的……」
「啊，從英國來的七瀨同學嗎？……島田老師，她來了哦！」
聽到叫聲後，島田老師從桌上抬起頭來，他是一個看起來很溫柔的男老師。
「妳是七瀨圓同學吧？我是妳的導師島田。我等妳好久了。請多多指教哦！」
「是的。請多多指教。」
「妳昨天才剛從英國回來吧。我負責的科目是英文。我會好好注意自己的發音，才不會被七瀨糾正啊。」
說完之後島田老師就笑了，可是我不知道該怎麼回答才好。
「啊，對了，對了。我還要跟妳介紹副班導三井老師。我想妳這麼久沒回來日本了，應該覺得很不安吧，有困難的話隨時來找我或是三井老師吧。喂～，三井老師！」

咦，三井……？我望向島田老師叫喚的方向……。是解、解人!?

「我是副班導三井。我教的是數學。妳好，七瀨同學。」

「三井老師」竟然是……！解人是國中老師……？真是難以置信！

「三井老師，可以請你先帶七瀨去教室嗎？我印完這份講義就馬上過去。」

「好的。……走吧，七瀨。」

我覺得腦中一片混亂，搞不清楚狀況，跟在解人後面走出教職員辦公室。

「解人！你昨天怎麼沒跟我說!?」

走到走廊之後，我鼓著臉頰說道。

「昨天說過了吧？『明天見。』」

「話是這樣說沒錯，我怎麼可能會想到你是老師啊！」

「我想給小圓驚喜啊。我去年才到這所學校當老師的。」

「你知道我要轉進來嗎？」

「嗯，知道。我有聽說妳新學期要轉過來，可是妳們一直沒搬回來，我還蠻擔心的。每天都會注意一下隔壁，心裡想著妳們什麼時候才要回來啊！」

他一直在注意我……！而且從今天起，在學校也可以天天跟解人見面了！

我跟在解人寬廣的背後走著，對於未來的學校生活充滿期待。
走到標示著「三年一班」的教室前面，解人突然停下腳步。
「對了，在學校不准叫我『解人』哦！還有，沒事的話不要跟我說話！」
「蛤！你突然這麼說，我根本辦不到啊！」
「無論如何妳都要這麼做！」
「我不要啦！好不容易才……」
我正打算回嘴，後面傳來一陣腳步聲。島田老師追上來了。
解人一臉若無其事的樣子，跟在島田老師的身後走進鬧哄哄的教室。真是的……！
「大家安靜！這是從英國轉學回來的七瀨。七瀨，請妳自我介紹。」
「啊，是的。……我是七瀨圓。小學四年級還沒唸完就去英國了，過了五年才回到日本。請大家多多指教！」
我說出絞盡腦汁才想出來的介紹詞，跟大家低頭致意。
「好可愛！」
在此起彼落的鼓掌聲中，我聽見一個男生大聲的說著。
我有點不好意思，忍不住低下頭，這次聽見女生的聲音。

「男生就只會看外表。真討厭！」

就算妳們這麼說……。我該怎麼辦才好呢？解人……。

對了，解人在哪呢？……咦，他什麼時候走到教室後面了!?

解人的視線對上我的目光之後，輕輕對我點點頭。彷彿在說「不要緊的」……。

原來如此，他是為了讓緊張的我安心，才會站到我看得見的位置。

雖然解人的態度有一點粗魯，不過從前就是這樣會隨時向我伸出援手。

嗯，沒事的。……我覺得緊張瞬間消失了，微微的點了點頭。

「應該有人跟七瀨讀同一所小學吧？希望大家和睦相處，幫她適應這個班級。」

聽著島田老師的話，我環顧整間教室。

真的，有幾個認識的人！咦？那個笑著對我輕輕揮手的人是……。

小四的時候，跟我最要好的一色詩織！

我要去英國的時候，詩織哭得最慘了。

班會結束之後，詩織跟我都跑到對方身邊，也沒多想，就牽起彼此的手。

「小圓，好久不見！」

「真的好久哦！真高興見到妳。我一直在想妳不知道過得好不好。」

「我也是。小圓妳長得越來越漂亮了耶！」

「哪有啊！我只會一直長高……」

說到這裡，詩織突然拉住我，把我帶到走廊。

「怎麼了？」

「三井老師的事，妳有沒有嚇一跳？以前妳總是開口閉口說『我要當解人的新娘！』」

「詩織，妳還記得啊……。嗯。可是剛才他對我說『在學校不准叫他的名字。』還有『沒事不要跟我說話。』」

「嗯。我覺得這樣比較好哦。學校裡有好多女生喜歡三井老師呢。要是被發現小圓住在老師家隔壁，而且以前就認識了，說不定會引起一些麻煩事呢！」

原來如此。沒想到解人這麼受女生歡迎……。

所以我還是乖乖聽解人的話，不要常找他說話好了。雖然我沒什麼把握……。

我想快點跟媽媽說解人的事情，也許是第一天太忙了，她遲遲都沒有回來。

我坐在一人份的晚餐前，茫然看著電視，玄關傳來門打開的聲響。

「歡迎回來！」

「我回來了～。對不起，這麼晚才回來。學校還好嗎？一切都還順利嗎？」

「對了，媽媽我跟妳說！解人當上數學老師了，而且還是我的副班導耶！」

「咦!?」

媽媽大吃一驚，手上的包包都掉到地上了。

「三井家的伯父伯母都沒跟我說耶!?不過這樣不是很好嗎？解人在學校也可以待在小圓的身邊，這樣我就放心了。我馬上就寫mail跟妳爸爸說！」

解人可以待在小圓的身邊是嗎？好開心哦。

我突然很想跟解人說說話，走到自己在二樓的房間。

我的房間就在解人的房間對面，兩個房間的陽台只離了幾十公分。

小學的時候，我常常從這裡跑去對面玩。電燈沒亮著，他睡了嗎？

我躺在床上，等了一會兒，也許是第一天的緊張讓我特別疲累，不知不覺中就睡著了。

第二天的第一堂是英文課。

用英文打完招呼之後，島田老師看著我的方向。

「接下來請七瀨為大家示範朗讀吧。七瀨，從課本第8頁第一行開始唸起。」

事出突然，我嚇了一跳，不過還是站起來，從指定的頁數開始唸起。

「好，到此為止。」

聽到島田老師的指示，我停止朗讀，坐回位置上，教室突然鴉雀無聲。老師也沈默不語。有什麼奇怪的嗎……？

「好強！發音比老師還好耶！」

「簡直就是外國人！」

蛤……。我唸得很普通啊，為什麼會引起騷動……。

「果然厲害。大家要向七瀨看齊。我也是。」

島田老師的話引起一陣笑聲，我覺得斜前方射來一道冰冷的視線。

當我轉過去的時候，我的眼神跟一個女生對上。她馬上就別過頭了……。

第二堂是數學。總於等到解人的課了！

解人站在黑板前面，帥得讓人看呆了。可以連看他50分鐘，真是太幸福了！

咦？總覺得其他女孩也用相同的目光盯著解人。

隔壁的女生從剛才就已經停下手中鉛筆的動作了。

昨天詩織說的「很受歡迎」，原來就是這回事啊……。

「今天起要教乘法公式。升上三年級之後，數學也會比較複雜，大家可別放棄哦！有什麼不懂的地方，一定要當天馬上來問我。知道嗎？」

眼前的解人並不是我小時候眼中的「隔壁的大哥哥」。
他真的是個老師了。是個大人了……。
解人用粉筆在黑板上寫下公式之後，回頭問大家。
「這是上星期的復習。有人會嗎？」
幾乎所有的學生都舉手了。哇，大家的反應都好快哦！
「四谷！你來回答。」
「$3(2a+5b)=6a+15b$」
「正確解答。」
我原本以為英國的進度比較快，回到日本應該沒什麼問題，這下可不能安心了。
我本來就不擅長數學，不管是日本還是英國都差不多……。
放學後，詩織拿著書包走到我的座位對我說。
「等一下我要去網球社練習，小圓要參加社團嗎？」
「我想想……。我在英國玩的是籃網球。日本應該沒有吧？」
「籃網球？」

「嗯。有點像籃球的運動。不過現在都三年級了，應該沒辦法參加社團了吧？」

「嗯。這樣也沒錯。那我先走了哦！掰掰！」

說完之後，詩織正要走出教室。

幾個女生像是等候許久似的，把我團團圍住。其中也有英文課時跟我目光相對的女生。

「七瀨同學。跟妳說，我們學校禁止穿耳洞！還有妳的髮色會不會太淺了？裙子也太短了！」

咦……？我被同學糾正了嗎……？

「我的頭髮本來就是這個顏色。裙子是因為制服不太可愛，所以我想短一點可能會好一點。雖然我覺得真的有一點短……」

我拼命的辯解，但好像反而讓她們更生氣了。

「蛤？『好一點』是什麼意思？既然校規是這樣，妳就應該要遵守啊！」

「對啊。男生誇妳『可愛』，妳又是歸國子女，所以妳覺得自己比較特別吧？英文課的時候也是，感覺像在炫耀似的！」

「哪有……。我完全沒有這麼想啊……」

我真的不知道啊。在英國，大家都穿耳洞啊……。

我回想起小學四年級，剛轉進英國學校的時候。
剛開始那半年，我完全不懂英文，一直交不到朋友。
沒辦法融入學校的環境，也沒有歸屬感。
「我跟大家差那麼多嗎？」當時我每天都在哭泣……。
好不容易回到日本了，居然又有人對我說這樣的話。
不管到哪裡，我都沒辦法跟大家和睦相處嗎……？
就在我眼淚快要掉下來的瞬間，教室的門喀啦一聲打開了。
是解人！
「我聽說班上的女生起了點爭執。怎麼回事？」
「三、三井老師！沒什麼。我們只是提醒七瀨同學，她違反校規而已…」
聽到她們慌張的解釋，解人用平靜的口氣說道。
「這樣啊。校規還是要遵守。妳們是要告訴她這件事吧？對轉學生這麼親切，五十嵐妳們人真的很好。」
解人露出微笑，叫做五十嵐的女生滿臉通紅的說道。
「就、就是這樣！我們看她好像完全不知道服裝的規定，所以才想跟她說…」

「七瀨應該不知道日本的學校有這種規定吧？」

在解人的催促之下，我也坦白說出口。

「是的。對不起……」

「沒有先跟妳說清楚，是我們這些老師的責任。抱歉！」

解人說著，拉起我的右手和五十嵐的右手，讓我們握手。

「……對不起，我剛才說得很難聽…」

「我也是。謝謝妳告訴我。」

因為解人的幫忙，總算不用像在英國的時候一樣，轉學之後馬上就交不到朋友了……

我小心翼翼的不被她們發現，追上走出教室的解人，想跟他道謝。

「解人！謝謝你！」

解人回過頭來，冷靜的說。

「不是『解人』吧。」

「啊、對了……。不過，我很高興你幫我解危！」

「妳在說什麼啊。我是老師，這是理所當然的事。」

解人若無其事的回答，讓我感到一陣心痛。

原來如此。解人之所以會幫我，並不是因為「我是特別的」。而是「因為我是學生」……。

雖然每天能在學校見面讓我覺得很高興，不過我們之間好像隔了一道牆，好寂寞哦……。

那天晚上，我在自己的房間裡望著數學作業發呆。

解人還是跟以前一樣，溫柔又帥氣。

不過對於解人來說，我只是眾多學生當中的一個人嗎……？

我不經意的看著外面，發現解人的房間剛才還一片漆黑，現在已經亮著燈了。

從半開的窗簾看到窗戶閃著紅光和綠光，看來他在打電動。

「解．人！」

我打開窗戶，走到陽台小聲叫著。

「喂，我也想打電動！」

接著窗簾後方只傳來他的聲音。

「已經很晚了，快點睡吧！明天還要上學耶！」

「你自己還不是一樣，明天要上課！」

我想見解人。不是以老師和學生的身份，而是像以前一樣……。好。雖然已經換睡衣了，走吧！

我確定外面沒有行人之後，跳到解人房間的陽台。悄悄打開窗戶，對坐在電視機前的解人說。

「我來了♡」

穿著T恤和短褲的解人，一臉困擾的看著我。

「我說妳啊。別從陽台過來啊……。都長這麼大了，不要穿這樣到男生的房間裡……。別以為是我就無所謂……」

「有什麼關係。你在玩什麼？」

「小朋友該上床了。電動對你們不好哦！」

「自己以前還不是只會玩電動……。不然你教我作業。數學好難，我都不會耶～」

「妳要叫我教妳我出的作業嗎？」

儘管解人嘴裡抱怨，還是放下搖桿，關掉電視，拿起桌上的課本和筆記本。……我最喜歡他這種溫柔的地方了。

「到這裡還懂嗎？」

解人經常盯著我的臉確認我的反應，逐一仔細的說明。

這種感覺好懷念哦……。

「……太好了，做完了！喂，以前你也常常這樣幫我看作業呢！」

「對啊。……我是因為教小圓唸書，才會覺得『我可能喜歡教書吧。』所以我才決定當老師。」

「咦？真的嗎？」

「嗯。我沒有變成一個只會打電動的人，而成了社會人士，應該是小圓的關係吧？」

解人當了老師，我有點寂寞，不過他竟然是因為跟我的回憶才成為老師……。我好高興哦！

「小圓覺得自己不懂數學吧？也有人說日常生活中根本用不到數學。不過數學是一個能養成理論思考，自己找出答案的學科。我覺得這是人生當中非常必要的一門課。」

解人認真的說著數學的事，那是老師的臉孔。不過我覺得這是我看過最帥的解人。

「……我會認真學數學哦！因為這是解人最喜歡的學科嘛！」

「這樣啊。如果又像今天這樣，在班上發生事情的話，一定要告訴我。我會幫妳想辦法的！」

「嗯，我知道了！喂，解人。從明天開始，我們一起去學校吧！」

「不行！老師和學生怎麼能一起上下學！快去睡吧。回去、回去！」

他果斷的說著，我好失望……。但一想到解人待在學校，我又覺得很放心。

「晚～安！」

我回到自己的房間，放心的鑽進被窩。明天又能見面了！

解人老師的特別講座⑦

好啊！這裡要說明的是正負數！
解人，請講解更多第 1 章裡 ☆ 的部分！

凡事都要正向思考

（15 頁）

我們常常用「正」與「負」這兩個名詞，跟大家說明一下它們在數學中的意義。

大於 0 的數稱為**正數**，加上**正符號＋**來標記，小於 0 的數稱為**負數**，會加上**負符號－**來表示。舉例來說，比 0 大 3 的是＋3，比 0 小 2.5 的則是－2.5。正數也可以省略＋。請看下方的數直線。越往右邊的數字越大。

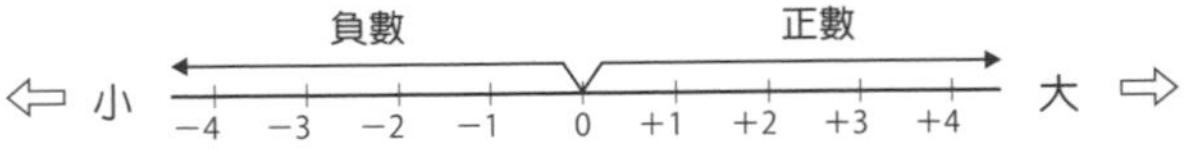
負數
正數
小
大
−4 −3 −2 −1 0 +1 +2 +3 +4

$3(2a+5b)=6a+15b$

（24 頁）

像$3(2a+5b)$這樣的公式，省略了×或÷等符號。若要使用符號表示公式，即寫成$3\times(2\times a+5\times b)$。了解公式的意義之後，接下來就是計算方法了。這個公式只要用**分配律**來計算就行了。分配律的計算規則如右所示。

$$a(b+c)=ab+ac$$
$$(a+b)c=ac+bc$$

所以$3(2a+5b)=3\times 2a+3\times 5b=6a+15b$。這樣懂了嗎？

今天起要教乘法公式。
（23 頁）

馬上就來做一個問題吧。請展開（x＋a）（x＋b）吧。咦？不懂展開是什麼意思嗎？

展開就是將乘法形態算式的括號去掉後，用加法的形態來表示。對了，就是跟剛才做過的分配律相同。如右所示，將乘積加起來就行了。

$$(a+b)(c+d)=\underset{①}{ac}+\underset{②}{ad}+\underset{③}{bc}+\underset{④}{bd}$$

$(x+a)(x+b)=x^2+bx+ax+ab$ ←展開

$=x^2+(a+b)x+ab$ ←將同樣的文字結合

像 $(x+a)(x+b)=x^2+(a+b)x+ab$ 這樣，將展開常用的模式定義為公式，就是**乘法公式**。舉例來說 $(x+3)(x+4)=x^2+(3+4)x+3\times4=x^2+7x+12$，計算時會比直接展開還方便。這是一個很重要的公式，請大家一定要背起來。

跟展開相反，用乘法形態表示加法或減法等等多項式時，稱為**因式分解**。展開與因式分解是相反方式的算式變形。

$$(x+a)(x+b)\underset{\text{因式分解}}{\overset{\text{展開}}{\rightleftarrows}}x^2+(a+b)x+ab$$

Check! 老師的小測驗

／3

Q.1 下列數字中，哪一個是最小的數字？

①－2　②＋5　③－8

Q.2 請計算5（2a＋b）。

Q.3 請展開（x＋2）（x＋3）。

答案　Q.1……③／Q.2……10a＋5b／Q.3……x^2+5x+6

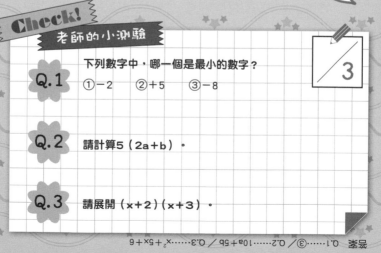

小圓的戀愛number

No.
Date

71.0%

初戀成功的機率

大家的初戀是在幾歲的時候呢？我初戀的對象當然是解人。我喜歡上解人是在我去倫敦之前，9歲的時候。根據某問卷調查的結果，初戀開花結果，演變成兩情相悅的比例，竟然是71.0%耶！

原本解人對我來說只是「隔壁帥氣的大哥哥」，之所以變成我「喜歡的人」，應該是從那一天開始吧……。

讀小3的時候，有一天我的數學考得非常爛。我沒有勇氣拿給媽媽看，所以把考卷摺成紙飛機，從房間的窗戶射出去，正好被回到家的解人撿到。我慌忙跑出去撿，不過他已經看到分數了。我覺得好丟臉，不知道該怎麼辦，但解人什麼都沒說，只把我叫進他家裡。吃著伯母親手做的點心，我聽解人說了許多有趣的事情。等到我察覺的時候，我已經痛快的大笑，恢復活力了。現在回想起來，解人應該是不著痕跡的在安慰我吧。解人真的好溫柔哦。

這個專欄之後還會講一些跟數學和數字有關的話題哦！

（KANRO的調查）

【第2章】跟小圓在一起，覺得好輕鬆。

自從轉進日本的學校，已經過了一個月了。
雖然還稱不上完全融入班上的環境，但除了詩織以外，我也交了幾個可以在下課時間聊天的朋友。
「好想快點換座位哦～」
「詩織妳是不是想要坐在二階同學的隔壁啊？」
「噓！……喂，妳是怎麼知道的！？」
看著詩織的臉越來越紅，神色慌張，大家放聲大笑。
我也能參與這樣的戀愛話題了。
當然了，我喜歡的對象是解人，他還住在我們家隔壁，這些事都不能說出來呢……。
「小圓，走囉～」
「等等我！我還沒有挑好衣服啦～」
今天是星期天。我跟媽媽要到澀谷買下個月畢業旅行要穿的衣服。
旅程中只有來回京都的路程，還有全年級一起行動的第一天要穿制服，除此之外第二天起的自由活動就可以穿便服。

解人也會一起去，所以我一定要打扮得漂漂亮亮的，於是我拜託媽媽買新衣服給我。
「嗯～。我看看。這件洋裝配這條細的項鍊鑾好看的吧？」
「咦？我覺得好像沒什麼重點耶……」
一邊聽著媽媽的建議，一邊想著如何搭配，是一件很開心的事情。
身為設計師的媽媽，真的好時髦哦。
就算今天是假日，她也是全身光鮮亮麗，超帥的。
我之所以會這麼喜歡流行服飾，當然也是受到媽媽的影響。
在倫敦的時候，我只要有空就會翻閱媽媽堆在房間裡的『Vouge』或是『ELLE』等等時尚雜誌。
今天穿出門的是媽媽在英國買給我的深藍色洋裝，再搭配短版的外套。
我跟媽媽一起走出玄關，經過解人家門口。
解人現在在做什麼呢……？我不經意的抬頭看著他房間的窗戶。
小學的時候，我也很喜歡解人。
不過現在跟那個時候的感覺完全不同了。
每次見到解人，我就會心跳加速，看不到他的時候，又覺得好寂寞。

……這一定就是戀愛吧！

「真是的，妳快點決定啦！再拖下去連午餐都不用吃了！」

我遲遲無法決定，在百貨公司的各個店面來來回回，終於惹媽媽生氣了。

之前我總是穿著活潑又可愛的服裝，而最近比較喜歡成熟、有女人味的衣服。

因為我希望解人別把我當成小孩，把我當成一名女性看待。

可是我也不喜歡太過火，這樣就不像我的個性了……。

「妳看看，這條短褲不錯啊？小圓的腿很漂亮嘛！」

「什麼？我想找比較有女人味的衣服，我想要裙子耶……」

看我嘟著嘴巴，媽媽勸我說。

「妳是要去旅行，休閒、方便活動的打扮絕對會比較適合哦。挑選服裝的時候，要配合同行的人、地點與目的，這也是時尚的重要條件呢。就算打扮得再漂亮，如果只有妳一個人跟大家格格不入，也稱不上時尚哦！」

原來如此……。打扮雖然是一件開心的事，沒想到也很深奧呢。

最後我們留下米色與白色的雙色上衣，和深藍色的短褲。

百貨公司正好推出夏季的新品折扣。
上衣是原價的8折，短褲則是原價的75折。
原價加起來是6300日元，不曉得有沒有超出預算耶……。
對了，這個時候用數學算一下就好了！算完的結果是預算內的4900日元！
解人最喜歡的數學，在購物的時候也能派上用場呢。

因為買衣服花了太多的時間，等我們回到家附近的車站時，天都已經黑了。
「現在才準備晚餐太晚了。要不要買點東西回家？」
「沒關係啦。我來煮吧！」
我一邊跟媽媽聊晚餐要煮什麼菜，走到我們家附近的時候。
看見三井家的門口，有一個不認識的女人正在跟解人說話……。

解人把雙手插在連帽外套的口袋裡。
他的正面站著燙了一頭大波浪捲髮的女人。……是誰啊？

我緊張的接近他們，看到女人用手帕掩住眼角，擦著眼淚。

和他們錯身的時候，我避免跟他們的眼神交會，這時我聽見兩人的對話。

「為什麼當時不跟我聯絡呢？為什麼你什麼都不跟我說呢……？」

「抱歉。別哭了啦……」

我忍不住偷看解人的表情，解人發現我之後，露出訝異的表情。

他認真的雙眼讓我的胸口感到一陣痛楚。

「……剛才那個人，是解人的女朋友吧？」

關上玄關的大門之後，媽媽壓低了聲音說著。

「不是吧……？」

我一邊脫鞋，刻意裝出一臉平靜的樣子回答。

「唉呀，妳很冷靜嘛。說不定那是妳最喜歡的解人哥哥的女朋友耶。」

我沒有回答媽媽，拿著購物袋回到自己的房間。

開始煮晚餐的時候，那兩個人的模樣一直在我的腦中揮之不去，所以手邊的工作一直沒有進展。

好不容易煮好，端上桌了，我卻沒有心情享用。

「小圓，妳根本沒有吃嘛。妳已經夠瘦了，不要再減肥了哦？」

「我才沒有在減肥呢…」

「那妳為什麼不吃呢？……妳還在想剛才的事情嗎？」

「就跟妳說不是嘛！」

我站起來，直接走回自己的房間，坐在書桌前。

好不容易有一個快樂的星期天，為什麼會變成這樣呢？

把數學作業攤在面前，我還是無法集中精神。

任何一種二次方程式，只要套公式解就能解開，不過這種心情該套哪一種字眼才好呢……？

「求解」、「解為-2」。為什麼這個單元偏偏有那麼多的「解」字呢？

從眼眶泛出的淚水，滴落在筆記本上。

第二天放學後，我獨自前往圖書館。

我想找一些比較簡單的日本歷史或地理書籍。

姑且不論數學與理化，英國的社會科跟日本的內容完全不一樣。

像是英國會學習英國的歷史，日本則會學習日本的歷史。

至於地理，日本會在二年級的時候全部上完，所以我的進度落後了一大圈。

日本還有高中聯考，所以我要慢慢追上大家的進度……。

我找到看漫畫學日本歷史與地理的書籍之後，坐在窗戶旁的座位上。

從窗戶可以看見足球社正在操場上練習。

足球社的指導老師是解人。

我記得他說過夏季有一場大賽，所以大家正拼命的練習。

今天他們分成紅白兩隊進行練習賽。

穿著運動服的解人就像個裁判，脖子上掛著口哨，跟足球社員一起在操場上奔跑。

解人……。昨天那個人是你的女朋友嗎……？

我好想問卻又不敢問。再說如果我問了，結果那個人真的是他的女朋友，我該怎麼辦呢……？

就在我的眼淚又快要掉下來的時候。

兩個正在搶球的足球社員，他們的頭用力撞在一起了。

下一秒，兩個人揪住對方的運動服，爭執了起來。

解人跑過來，打算把兩個人分開，嘴裡大叫著什麼。

不過兩個人好像都在氣頭上，拉開解人的手，把他推開了。

解人，你沒事吧！？

我感到坐立難安，跑到校舍入口，再衝到操場。

「我們兩個都有撞到頭吧？」

「才不是這樣，是你先拉我的衣領吧？還不跟我道歉！」

「你剛才還不是一直扯我的衣服！吵死了！」

「你說啥？」

足球社員又想要伸手抓住對方，於是正好打在過來阻止的解人臉上。

「啊……！」

解人的眼鏡掉到地上了。

下一秒，沒站穩的足球社員便一腳把它踩爛了。

「你們冷靜一點。現在正在比賽吧。如果是正式的比賽，你們兩個人都會被判紅牌的！」

「不是那個問題吧！這傢伙老是找我的碴，我已經不爽他很久了！」

「那才是我要說的話！從我當上正式選手之後，你就很嫉妒我吧？」

「少在那邊臭美！我才沒有嫉妒你咧！」

「……你們鬧夠了沒！」

平常總是很冷靜的解人，竟然這麼大聲說話……！

兩個人都默不作聲，心不甘情不願的放開對方。

「好了……。聽我說。做這種事情有什麼意義呢？隊友互毆就能在比賽中獲勝嗎？」

解人安靜的說著，其中一個人嘟囔了些什麼。

「什麼？我聽不見。說大聲一點。」

「……凡事都理性思考的老師，怎麼可能了解我們的心情呢？」

另一個人也說了。

「對啊……。老師永遠都很冷靜，根本就不懂打架的意義吧！」

解人一句話也沒說。……而被踩扁的眼鏡一直躺在他的腳邊。

我算準足球社練習結束的時間，到教職員專用玄關附近等著解人。

從玄關走出來的解人，並沒有戴眼鏡。

他的臉看起來很累，連我看了都覺得好難過。

解人看到我之後，掃視一下周圍之後小聲的對我說道。

「……搞什麼啊。我不是說過不可以一起上下學的嗎？」

「今天比較特別！你沒有眼鏡就幾乎看不到路了吧？這樣很危險耶，我幫你牽腳踏車回家吧！」

「妳看到啦？……妳先走吧。我等一下再追上去。」

我走出大門之後，過了一會兒，解人才牽著腳踏車追上來。

我從解人手上接過腳踏車，開始往前走。

雖然我們兩個人併肩走在一起，解人卻沈默不語。

只聽得見腳踏車輪胎轉動的聲響。這樣的沈默，還是第一次……。

要聊剛才足球社的事情嗎？還是……。

「解人，呃，昨天……」

「……嗯？」

「那個，傍晚媽媽跟我經過解人家門口的時候……」

「哦哦……」

我抬頭看著解人的側臉，等著他的話。

「我跟她交往過。」

在那個瞬間，我說不出話來。

「……她要結婚了。她是來跟我說這件事的。」

原來如此……。

「……因為我很少跟她聯絡，所以才會分手。她是我大學的同班同學，出社會之後兩個人都很忙。我本來就不是很認真的人…」

從大學時期開始……？我在英國的時候，他一直在跟那個人交往嗎？

昨天光是看到他們在一起的樣子，我就覺得好難受，那個人竟然知道我所不知道的，解人這幾年的時光。而且還是以女朋友的身份……。

「因為我們都沒有什麼時間，所以我想沒辦法打電話、發簡訊，或是無法見面，都是無可奈何的事情。也認為對方一定也是這麼想的吧……」

討厭。你不要一臉悲傷的樣子嘛……。

「我真的很糟糕啊。只懂得理性思考。……這個應該是數學病吧？」

解人說著，沒戴眼鏡的臉上突然露出微笑。

「今天社團的爭吵也是一樣啊……。平常我就在看他們練習，竟然完全沒有察覺他們的

心情，老實說，我覺得很沮喪。我一定是一個很無情的人吧……」

「才沒那回事呢！」

我忍不住大聲叫道。

「解人很溫柔的。從以前到現在，你總是一直幫助我。我覺得解人腦筋好，人長得又帥，而且可不只有這樣！你還很溫柔呢！」

解人呆立著不動，睜大眼睛看著我。

「雖然今天他們說了這些話，但我想足球社的每個人一定也都是這樣想的！」

「……怎麼可能…」

「絕對是這樣！再說那個女人最後還是來見解人了吧？因為她是真心喜歡解人。如果不是這樣的話，才不會特地來說那些話呢！」

我也不知道自己到底在說什麼。

只是我不想再見到解人這麼悲傷的臉了。

解人盯著我的臉看了一會兒，突然爆笑出聲。

「我說了什麼奇怪的話嗎？」

「抱歉，抱歉。……跟小圓在一起，覺得好輕鬆。」

「蛤……？」

「妳長大了耶。沒想到小圓竟然會為我打氣。」

解人笑著說完，又開始往前走了。

我有沒有幫上解人了呢……？

在夕陽下，我望著解人的背影一邊往前走，終於走到我們的家門口了。

真想再走久一點啊……。

「掰啦。……謝謝妳幫我牽腳踏車。」

「嗯……」

我把書包抱在胸前，望著解人將腳踏車推進門裡。

「啊、對了！」

正在鎖腳踏車的解人突然抬起頭，害我的心跳漏了一拍。

「明天開始不准再等我回家囉。聽見沒！」

說完之後，解人就迅速關上門，走進家裡了。

「真是的！解人果然一點也不溫柔！」

我大聲叫著，從玄關大門的另一頭，傳來解人哈哈哈的笑聲。

……太好了，解人又有精神了。

期待已久的畢業旅行終於來臨了。

我把畢業旅行當作是跟解人第一次的旅行，昨天晚上一直睡不著覺。

難得在家裡和學校以外的地方看到解人，我覺得他似乎更帥了。

帶領學生往前走的樣子，跟男生們說笑的樣子，都讓我覺得好新鮮。

到了第二天自由活動的早上。

我的心跳得好快，換上之前媽媽買給我的衣服。

為了怕衣服皺掉，我還小心翼翼的收進包包裡。

在鏡子前檢查的時候，已經換好衣服的詩織走了過來。

「小圓的衣服好可愛哦！好像模特兒耶～」

「謝謝。詩織妳穿這樣也很好看耶！啊，如果妳把外套的袖子捲到手肘那邊，比例應該會更好哦？」

我看著鏡子確認，將詩織的袖子稍微往上捲。

「真的耶！妳好厲害～！」

詩織大叫著，連我也覺得好開心。

沒想到衣服可以讓人變得這麼幸福。

我一邊想著這件事，跟詩織走到吃早餐的會場。

在鬧哄哄的會場吃早餐時，我不著痕跡的尋找解人的身影。

「我去倒茶哦。」

對詩織說完，我站了起來。

站在熱水壺的前面排隊等待，偷偷把目光飄向老師們聚集的區域。

在哪裡呢……？

「喂，輪到妳了。」

聽到這個聲音，讓我回過神來。是解人。

「早安，七瀨。」

「啊！……早安……」

我的心臟跳得好快。明明是跟平常一樣的打招呼啊……。

「妳們班的自由活動是清水寺行程吧？」

「啊……是的。」

「我會在金閣寺行程的檢查點等大家。」

「這樣啊……」

看來今天傍晚以前都見不到解人了……。

我不禁感到失望，解人突然一臉認真。

「京都有很多觀光客……妳要小心一點哦。」

「蛤？小心什麼？」

我反問之後，解人一臉困擾的小聲說道。

「我是說……搭訕啦。妳穿這樣看起來不像國中生啊！」

「那是……什麼意思？」

解人將目光移開，用幾乎聽不見的音量接著說。

「……看起來很成熟可愛啦。……總之妳要小心哦！」

……咦、咦～！！

解人可能是覺得不好意思，把手插在口袋裡，說聲「掰」就走掉了。
我也動彈不得，只能盯著解人的背影看。
在我的視線前方，解人馬上就被跑過來的女生包圍了。
「三井老師，跟我們一起吃飯嘛～！」
「不行。老師要跟其他老師一起吃，順便討論今天的活動。」
「蛤～」
解人冷淡的回答之後，穿過人群回到老師們的座位區。
「小圓，妳怎麼了？妳的臉好紅哦。」
「……啊、沒事啊！」
——看起來很成熟可愛啦。總之妳要小心哦！
在畢業旅行的期間，我的腦海中一直反覆想著這句話。

解人老師的特別講座②

好啊！這裡要說明的是**方程式**！
解人，請講解更多**第2章**裡★的部分！

「求解」、「解為－2」
（41頁）

像$7x=3x+8$這種用了x等文字的算式，以特別的數值代入算式裡的文字後，使左邊＝右邊的算式，就是所謂的**方程式**。想要解開上面這個**一次方程式**時，請將文字項移到左邊，數字項移到右邊。上面的方程式即可改成$7x-3x=8$。

（符號改變。）

接下來分別計算左邊和右邊，即可得 $4x=8$。
然後兩邊同時除以x前方的數字，即可得到 $x=2$。將 $x=2$ 代入原來的算式，等式即可成立。
這個文字的值即為**方程式的解**！

任何一種二次方程式，……就能解開
（41頁）

像$ax^2+bx+c=0$這樣的方程式稱為**二次方程式**。二式方程式有各種不同的解法，這次要特別教大家一種可以解開任何一種二次方程式的魔術解法。就是**二次方程式的公式解**！

二次方程式的公式解
$ax^2+bx+c=0$（$a\neq0$）的解為
$$x=\frac{-b\pm\sqrt{b^2-4ac}}{2a}$$

在右邊的公式解中，只要分別代入a、b、c的數字即可。舉例來說，$x^2+5x+3=0$ 的二次方程式解為$a=1$、$b=5$、$c=3$，所以就會是！

$$x=\frac{-5\pm\sqrt{5^2-4\times1\times3}}{2\times1}=\frac{-5\pm\sqrt{25-12}}{2}=\frac{-5\pm\sqrt{13}}{2}$$

上衣是原價的8折…不曉得有沒有超出預算耶。

（39 頁）

各買一件上衣和短褲時，原價算起來是6300日元，不過上衣打8折，短褲打折，所以是4900日元。我們來用**聯立方程式**分別求出原本的定價吧。

首先假設上衣的定價是x元，短褲的定價y元。依原價購買時，費用總計為

$$x+y=6300\cdots\cdots ①$$

折扣後的上衣是定價的（100－20）%，短褲是定價的（100－25）%，打折後的購買金額為

$$\frac{80}{100}x+\frac{75}{100}y=4900\cdots\cdots ②$$

解①、②的聯立方程式吧。聯立方程式的重點在於消去其中某一邊的文字。將算式①的兩邊乘以80倍，再減去兩邊乘以100倍的算式②，即可消去x了吧。將y＝2800代入之後，即可求出x＝3500。便可得知上衣的定價是3500日元，短褲的定價是2800日元。

$$\begin{array}{lrr} ①\times 80 & & 80x+80y=504000 \\ ②\times 100 & -) & 80x+75y=490000 \\ \hline & & 5y=\ \ 14000 \\ & & y=\ \ \ \ 2800 \end{array}$$

Check! 老師的小測驗

3

Q.1 請解開一次方程式$2x-3=5$。

Q.2 利用右邊的二次方程式$ax^2+bx+c=0$的公式解，求出下列何者為□的答？ $x=\frac{-b\pm\sqrt{b^2-□}}{2a}$

①ac　②2ac　③4ac

Q.3 下列何者是聯立方程式 $\begin{cases} x+2y=5 \\ x+y=4 \end{cases}$ 的解？

①x＝2, y＝3　②x＝1, y＝2　③x＝3, y＝1

答案　Q.1……x＝4／Q.2……③／Q.3……③

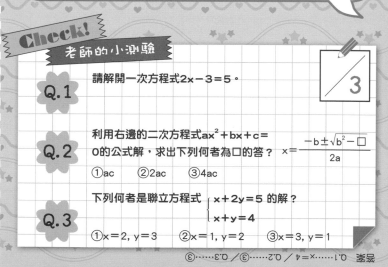

No.
Date

小圓的戀愛number

4.8%

跟喜歡的人坐在一起的機率

我喜歡的人一直都是解人，所以在班上沒有坐在喜歡的人隔壁的經驗，不過詩織可以坐在二階同學旁邊的機率是多少呢？我問了解人這個問題，順便學一下數學。就讓我努力向大家說明吧。

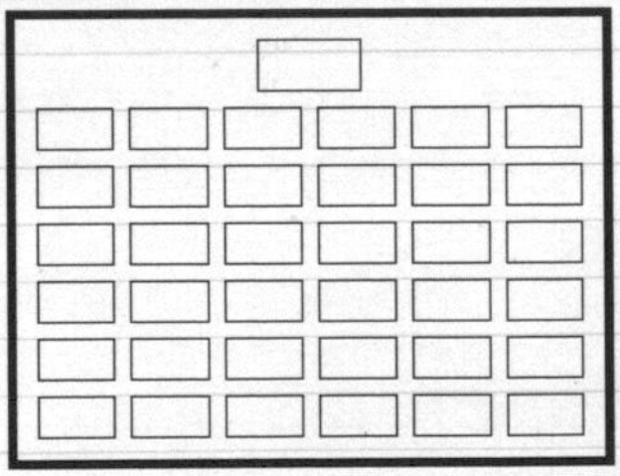

我們班上有36個人，桌椅排成直的6排，橫的6排哦。詩織坐在二階同學左邊的座位組合，以一橫排來看有5種可能。因為座位總共有6排，所以會有30種組合，且也可能是詩織坐右邊，所以是2倍的60種。接下來，在不考慮其他34人的座位情況下看一下兩個人的座位，詩織的座位有36種可能性，二階同學的座位要扣除詩織的座位，一共有35種可能性。36×35，總共有1260種組合哦。也就是說，機率是$\frac{60}{1260}=\frac{1}{21}$。21次中有1次可能坐在隔壁。用%來表示約為4.8%。然而坐在前後的機率也相同，所以坐在附近的機率是一倍，大約是9.6%哦！

【第3章】
生日快樂。

今天是第一學期的結業典禮。明天開始就是漫長的暑假了。
太久沒在日本過夏天，我有一點點食欲不振，接下來不用去上學了，我覺得有點開心，可是一想到這樣就無法每天見到解人了，又有點無聊啊……。
結業典禮結束之後，我正要和詩織一起回教室，走到入口的時候，百田同學把我叫住。
「喂，詩織和小圓要不要一起去看八月一日的煙火呢？」
「煙火？」
「對了。我記得國小六年級的時候才開始辦煙火大會，所以小圓妳不曉得吧。在河岸會施放大規模的高空煙火哦！」
高空煙火耶！英國人並沒有在夏季放煙火的習俗，所以我好久沒看煙火了。
「我想去！啊、不曉得媽媽會不會讓我去耶……」
「回家的時間不會太晚，應該還好吧？不過學校方面基本上禁止我們在沒有監護人陪同的情況下出門。所以要小心別被老師發現哦！」
嗯嗯，正當我點頭的時候。
「在說什麼『別被老師發現』呢？」
「啊、解……三井老師！呃，是那個……」

當我們熱烈討論的時候，他竟然站在後面偷聽！

「我猜應該是河岸的煙火大會吧？每年都有學生不遵守規定，引起很大的騷動呢！」

「……對不起。」

詩織跟百田同學都一臉失望。……對了！

「請問……三井老師，你可以帶我們去嗎？」

「喂……，七瀨，妳在說什麼啊？」

「有老師帶隊的話，跟監護人陪同差不多嘛。有了老師的看顧，也不會引起什麼大騷動啦！」

沒想到我也能想出這種好主意！我既興奮又期待的看著解人的臉色。

「……好吧。那我帶大家去吧。妳們去問一下還有沒有其他人要一起去吧。」

「太好了！好棒哦，小圓！謝謝！」

詩織她們歡天喜地的在教室裡跑來跑去，只留下解人跟我站在入口。

「……喂。七瀨同學，妳還蠻有一套的嘛！」

解人面向前方，小聲的對我說。

「……因為我想跟解人一起去嘛。反正你不可能會答應我們兩個人單獨去吧？」

「這是當然的啊。……算了。這樣一來，妳在班上的風評應該會稍微好一點吧。」

「咦？」

我不禁抬頭看著解人，解人不發一語的離開了。

我不清楚解人話裡的意思，走進教室裡，馬上就被班上同學團團圍住了。

「謝謝妳，七瀨同學！是妳拜託三井老師的吧！」

「妳好強哦，七瀨。沒想到妳竟然敢跟老師溝通耶！」

解人說的「妳在班上的風評會好一點，」就是指這個嗎？

……難道解人是為了讓我快點跟班上同學打成一片，才會答應帶大家去看煙火嗎？

解人真的好可靠哦。總是在不知不覺中幫我一把。

而且煙火是在八月一日……。在我生日的那一天，我們可以一起看煙火了！

話說解人一定早就忘記我的生日了吧……。

「嗯！好華麗，好適合小圓哦！真不愧是我的女兒，我的設計！」

期待已久的煙火大會當天，也是我十五歲的生日。

媽媽送我的生日禮物是新裁製的紅色浴衣，她還幫我穿上。

「腰帶會不會綁太緊了？再放鬆一點嘛～」

「不行哦。浴衣如果不穿緊一點，馬上就會鬆開的。」

「蛤？這樣我就不能在夜市買東西吃了耶～」

「妳在說什麼啊，又不是小學生。出門的時候自己小心哦。別給解人添麻煩了。」

「好～！我出門了！」

我套上跟浴衣搭配成套的紅色木屐，走出玄關，解人正好也走出門。

好帥哦！解人也穿浴衣耶！……不過解人怎麼都不說話呢？

不久，門喀嚓一聲的打開來，三井家的伯母出來拿晚報。

「唉呀，小圓妳好漂亮哦！好成熟呢。……真是的，解人你都看呆了～」

「真的嗎？……怎麼樣？成熟嗎？」

我覺得好開心，忘了自己正穿著木屐，原地轉了一圈。

「呀……」

我一個沒站穩，差點跌倒，解人迅速拉住我的手臂。

「真是的……。外表是個大人，內在還是小孩子啊！」

從解人的浴衣裡飄出好香的肥皂味，我感到解人跟我靠得好近。

我覺得好丟臉，連頭都不敢抬起來。小時候明明可以若無其事的抱住他耶……。

「我先走囉。妳等三分鐘之後再走過來。……別再跌倒哦！」

當我抵達河岸附近的集合地點時，大家已經把先來的解人圍住了。

「老師超適合穿浴衣耶！穿這樣來學校嘛！」

解人露出羞赧的笑容，跟剛才完全不一樣，他看起來好遙遠哦。

大家魚貫往前走，主會場的河岸擺了許多攤位，人潮非常多。

「哇啊，該不會沒位置坐了吧？」

詩織環顧周圍，擔心的說著。

我尋找解人的身影。咦？不見了……。

「這邊、這邊！」

轉到聲音的方向，發現解人站在距離二十公尺遠的停車場旁揮手。

「從這個角度可以看得很清楚哦！」

「太棒了！真不愧是三井老師！」

從前解人就很擅長找出不為人知的秘密地點。

非得排隊才買得到的暢銷遊戲，他也能在不用排隊的冷門商店碰巧買到手。

大家把帶來的地墊鋪在地上，確實的佔到座位。

「差不多快開始了，大家坐吧！」

解人說完，詩織不著痕跡的拉過我的手。

「……小圓，坐在老師旁邊吧。趁現在！」

「嗯、嗯！」

我急忙坐在解人隔壁，這時第一發煙火發出「咚！」的聲響。

大大的煙火在天空中散開，火花有如瀑布般垂落。

「哇！」

「好漂亮……」

在七彩絢爛的豪華拋物線，以及響徹心靈的聲音裡，我感動得差一點落淚。

這是我有生以來第一次，這麼近距離的觀賞煙火。而且還是在解人身旁……。
我趁著沒有人注意的時候，偷偷看著解人。
他偶爾會發出「哦！」的叫聲，著迷的抬頭望著天空。
他的鼻子好挺，側臉好好看哦……。
回想起來，我好像很少在這麼近的距離看著比我還高的解人。
煙火照亮解人天真的笑容，又讓我的心怦怦跳個不停。

煙火大會的前半段結束之後，詩織對我說。
「小圓，我們去買點吃的吧？……老師，我們可以稍微離開一下嗎？」
解人聽完之後，看了我一眼之後說道。
「可以是可以，要小心哦！」
我們站起來，往攤販的方向走去。
「小圓妳想買什麼？」
「買什麼好呢……。我好久沒逛夜市了，好猶豫哦…」

「我想吃章魚燒，不過這邊好像沒有耶……。讓妳走太久我會不好意思，我一個人去找好了。我買完馬上回來！」

「蛤？我跟妳一起去嘛！」

「小圓妳快點回去老師身邊！啊，我順便幫妳買吧？」

詩織說完就小跑步離開了。

要不要幫解人買點什麼呢……？我被留在人群裡，環顧四周。

綿花糖、剉冰、巧克力香蕉……前面有一個攤位在賣雞蛋糕。

對了，以前跟解人一起去夏季廟會的時候，他買過雞蛋糕耶。

因為有點出乎我的意料，所以我印象非常深刻。

「請給我一份！」

「來，500日元哦。來擲這兩顆骰子，如果丟出同樣的點數，就可以給妳雙份哦！」

「真的嗎！?」

如果可以拿到更多，說不定解人會很高興！我認真的擲出骰子。

「『2』跟『6』啊。可惜了！謝謝惠顧！」

我沮喪的接過雞蛋糕的袋子，就在此時。

「喂，妳是自己來的嗎？高中生嗎？」
聽到不熟悉的聲音，我轉過頭，看到兩個看似大學生的男生站在旁邊。
「好可惜哦。我們再買一包給妳吧？」
「……不用了……」
「別客氣嘛！」
其中一個人突然用力拉住我的手，往他的方向拉。
當我忍不住閉上眼睛的時候。
抓住我手臂的手突然鬆開了。
「找我女朋友有事嗎？」
咦……？我畏畏縮縮的睜開眼睛。
「解人！」
解人抓著那個男生的肩膀，把他跟我拉開。
我匆匆忙忙的躲到解人身後。
「搞什麼嘛，跟男人來的話就老實說啊！」
撂下這句話之後，那兩個男生消失在人群之中。

我打從心底鬆了一口氣，抬頭看著解人的臉。

「啊、謝謝。剛才是……」

「我不是叫妳要小心一點嗎!?我看一色她一個人回來，很擔心妳的情況，才會過來找妳……妳在幹嘛啊！」

「對不起……。你不要露出這麼恐怖的表情啦。啊、對了！」

我遞出一直拿在手上的雞蛋糕袋子。

「來，給你！這是雞蛋糕哦！」

「……？」

「解人以前不是很喜歡這個嗎？所以我才會買。吃吧！」

「……真是的，妳啊……」

解人似乎懶得發脾氣了，嘆著氣從袋子裡拿出一個塞進嘴裡。

「嗯。好吃！」

他總算笑了。太好了！

剛才救我的時候，他說了「女朋友」吧。要是真的是這樣就好了……。

「走吧。」

解人突然轉身往前走。

「咦？那邊是相反方向吧？」

解人回過頭來，抬起眼鏡，有點惡作劇似的笑了。

「……回去的時候，繞一下遠路吧？別走散囉！」

真希望不會被別人發現，走著走著，我們來到射槍的攤位前面。

對了，以前解人也幫我射過玩具，當時我好開心。好懷念哦……。

「喂，解人，你很會玩這個吧？我們來玩嘛！」

「嗯……。只玩一次哦。」

「太好了！我想要那個大的熊熊布偶！」

「看我的！」

解人將軟木塞填進槍口，瞄準布偶。

砰！砰！砰！

解人射出的三發全都打在布偶上，可以布偶沒有倒下來。

可是最後的一發彈了起來，把隔壁的小塑膠盒打落到地上。
「來，射中這個！」
擺攤的大叔撿起掉落的盒子，交給解人。
解人輕輕打開盒子，又馬上蓋起來，把它放在我的手上。
「這給妳。」
「是什麼？……咦！是戒指耶！好可愛！」
那是一個有著紅色寶石的玩具戒指……。
「雖然比我預計的還小……生日快樂。」
我大吃一驚，抬頭看著解人。
「真的假的，你還記得！超開心的！謝謝！」
我馬上將戒指套在左手的無名指上。……沒錯，就是訂婚戒指的位置。
「你看！」
「妳在幹嘛。別這樣！」
「為什麼～？」
「不為什麼！走了！」

我嘟著嘴，心不甘情不願的把戒指戴到中指。
在燈籠的光線照射下，戒指閃閃發亮，美的好像真的寶石。
我一直瞧著戒指，看也看不膩，沈默的解人突然說了一句話。
「戒指的圓環很漂亮吧。我覺得那是非常完美的形狀。」
「咦？漂亮的是寶石吧？」
「不，我喜歡的是圓環。轉了一圈又回到原點，是一個完美的形狀，對吧？」
他喜歡「圓」……。怎麼好像在讚美我似的，讓我心癢癢的。
「換我幫解人射一個吧！我要瞄準那個！」
「那個魔術方塊？那個很小耶，而且那個位置應該射不到吧？」
「可是解人喜歡那種類型的拼圖吧!?我一定要拿到！」
我從大叔手上接過槍，把軟木塞塞在槍口後瞄準。
砰！砰！砰！
最後的一發完美命中！太好了！！
「好厲害哦，小圓！」
「嘿嘿！這給你，解人！」

「這是啥？是鑰匙圈嗎？而且還有印卡通人物⋯」

「咦！好粉紅哦，超可愛的耶！你掛著嘛！」

「成年男性怎麼能用這種東西。」

怎麼這樣。我好不容易才拿到的⋯⋯好失望。

不過如果我沮喪的話，難得獨處的時光都白費了。算了，只要他願意收下就好！

「我今天就十五歲了哦。四捨五入就二十歲了。跟解人一樣大了！」

「就算這樣實際還是才十五歲啊⋯⋯還小呢。」

「不是『才』，是『已經』十五歲了！所以改天跟我約會吧！好不好？」

「不可能！」

「為什麼！⋯⋯不然等到我幾歲你才肯跟我約會？」

「至少在妳還是我學生的期間，都不可以！」

「不然明年生日吧！這樣可以吧？到時候我就是高中生了！」

「嗯～～。知道了。那就明年生日吧。妳高中聯考可要好好考哦！」

「嗯！太好了！我一定會用功唸書！」

解人射槍拿到的戒指，成了我的寶物。

而且明年我生日的時候，還能跟解人約會！

要去哪裡呢？要穿什麼衣服呢？從現在就好期待哦！

我期待不已，就連數學的暑假作業都一直停在平方根的地方。

就算看著「一夜一夜正是賞人的好時機」的諧音，也根本完全沒進到我的腦袋。

好想跟解人見面哦。可是暑假還有一個多月……。

解人幾乎每天都會去學校，指導足球社的練習，我又沒參加社團，所以找不到理由去學校。

我的目光突然停在書桌上的書本。

對了，去學校的圖書室吧！老師說過暑假期間會開放自習室呢！

我下定決心之後，馬上換上制服，往學校出發。

因為時間還早，一樓圖書室完全沒有人。

我坐在可以看到操場的座位，馬上就開始搜尋解人的身影。

……果然在那裡！

他穿著鬆垮垮的T恤和及膝的褲子，對著大家大喊。
我想要更靠近一點看他，所以走到窗戶旁邊，結果一個男生追著足球跑過來。
我沒見過這個人耶。他的年紀好像比其他社員大一點……。
他在圖書室前追到足球，抬頭看著窗邊的我。
「妳好！」
「你好。」
「我沒看過妳耶，妳幾年級？我是這裡的畢業生。」
「三年級。我四月才剛轉過來的。」
「所以我才沒見過妳啊！妳之前念哪裡？」
「英國倫敦……」
「真的假的！我在倫敦一直待到國一耶！」
「蛤！真的嗎？你住在倫敦的那裡？」
他說他叫做八島數也。是以足球聞名的明教高中二年級學生。
我們幾乎是一見如故，開心的聊著英國的話題。
在學校說這個會被當成炫耀，所以我不太喜歡聊起這些事，好久沒聊讓我覺得很開心。

他今天好像是來看學弟們的練習。

「對了，妳有紙跟筆嗎？給妳我的mail。有空再跟我聯絡吧！」

「呃。啊……嗯。」

我有點困惑的將從筆記本撕下的一角跟筆遞給他。就在這個時候。

「八島，你來看一年級的盤球！」

解人從操場的另一頭對著這邊大喊。

「OK！……這是我的mail。改天見，小圓！」

數也急急忙忙的回到操場。

這次輪到解人跑過來了。……他剛看到我了!?

「妳在幹嘛？……妳認識八島嗎？」

「我想來圖書室做作業……。我跟你說哦，數也他以前也在倫敦待過耶！」

「蛤？哦哦，好像有這麼一回事。話說回來，為什麼妳直接叫他『數也』啊？」

「在英國的時候，大家都是直接叫名字的啊？」

「這樣啊。我沒出過國，所以不知道。不好意思啦！」

解人又跑到操場去了。……他在生什麼氣啊。解人很奇怪耶！

解人老師的特別講座③

好啊！這裡要說明的是機率！
解人，請講解更多第 3 章裡的部分！

在七彩絢爛的豪華拋物線，……我感動得差一點落淚。

（63 頁）

煙火的火花描繪而成的拋物線真是漂亮呢。咦？什麼是拋物線？

拋物線是 $y=ax^2$ 圖表的形狀，跟把球往斜上方拋擲時就會形成同樣的軌跡。

$y=ax^2$是y與x二次方成比例的函數。當x的值為2倍、3倍、…時，y的值為4倍、9倍…。

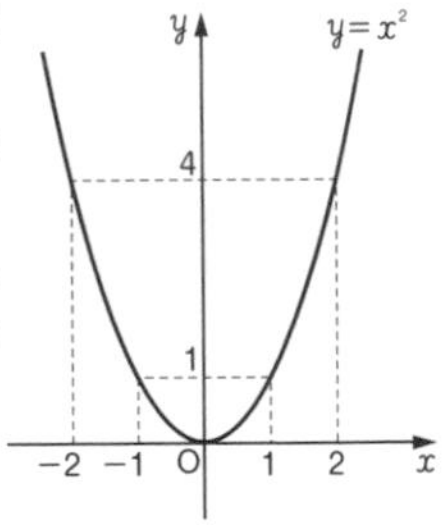

一夜一夜正是賞人的好時機

（73 頁）

$\sqrt{2}$ 讀為「**根號** 2」，是 2 的正**平方根**。二次方為 a 的數稱為 a 的平方根，當 a 為正數時，又分為正數與負數等兩種情況。所以 2 的平方根為 $\sqrt{2}$ 與 $-\sqrt{2}$。

$$(\sqrt{2})^2=2$$
$$(-\sqrt{2})^2=2$$

$\sqrt{2}$ 的值為 1.41421356…，是一個除不盡的數值。日本人通常用「一夜一夜正是賞人的好時機（註：原文為發音相近的ひとよひとよにひとみごろ）」的諧音來背誦。

來擲這兩顆骰子……可以給妳雙份哦！

（65 頁）

將投擲A與B這兩顆骰子的所有點數組合製成圖表後，如下所示，一共有36種組合。其中點數相同的情況有6種。投擲兩顆骰子時，想要求出擲出相同點數的**機率**，可以用

$\frac{\text{同點情況的數值}}{\text{所有情況的數值}}$ 求得。

所以這時的機率為$\frac{6}{36}=\frac{1}{6}$。

A＼B	1	2	3	4	5	6
1	(1,1)	(1,2)	(1,3)	(1,4)	(1,5)	(1,6)
2	(2,1)	(2,2)	(2,3)	(2,4)	(2,5)	(2,6)
3	(3,1)	(3,2)	(3,3)	(3,4)	(3,5)	(3,6)
4	(4,1)	(4,2)	(4,3)	(4,4)	(4,5)	(4,6)
5	(5,1)	(5,2)	(5,3)	(5,4)	(5,5)	(5,6)
6	(6,1)	(6,2)	(6,3)	(6,4)	(6,5)	(6,6)

Check! 老師的小測驗

3

Q.1 拋物線是哪一種函數的圖表形狀？

①$y=ax$　②$y=ax^2$　③$y=\frac{a}{x}$

Q.2 5的正平方根為？

①25　②$\frac{1}{5}$　③$\sqrt{5}$

Q.3 投擲兩顆骰子，點數合計為4的機率為？

答案　Q.1……②／Q.2……③／Q.3……$\frac{1}{12}$

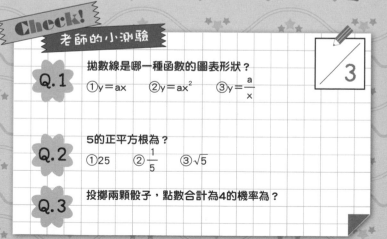

小圓的戀愛number

No.

Date

7號

小圓的戒指尺寸

在偶然的機會之下，解人送我一枚戒指。真希望有一天能收到真正的戒指呢。在收到戒指之前，我先查了戒指尺寸的量測方法！只要用沒有彈性的線、繩子或紙張，就可以簡單的測量了。方法如下。

將線繞在戴戒指的手指的第二關節（最粗的部分）上，用筆在重疊的部分做記號。線不可以纏得太緊，也不可以繞得太鬆，重點在於鬆緊適中。接下來再查閱記號之間的長度，就能查出幾號了哦。因為水腫的關係，手指頭晚上會比早上粗一點，最好在不同的時間點測量。長度最接近的數字就是自己的戒指尺寸了☆

我量了一下收到的玩具戒指，尺寸好像跟正常的「7號」戒指一樣大。7號戒指內側的圓周長為47.1mm，6號是46.1mm。這個戒指正好是我中指的尺寸。無名指戴起來還有一點鬆，果然對我來說還太早了嗎……。

【第4章】

離我遠一點。

暑假剛結束的那個星期。數也每天都會發一些沒營養的簡訊給我。

《Hi!等一下要比賽了！幫我打氣吧！》

《Good night!好怕明天的晨間練習爬不起來……》

數也好像真的很喜歡足球，簡訊內容幾乎都是關於足球的話題。

《偶爾也好想狂吃炸魚薯條哦，妳會嗎？》

我一直很慶幸能回到解人身處的日本，不過還能像這樣跟別人聊一聊懷念的倫敦，我有一點開心。

《嗯！我最喜歡沾塔塔醬一起吃了！》

簡訊往返了一陣子之後，有一天我收到這樣的簡訊。

《明天是星期天，下午足球社難得不用練習。妳可以陪我去買足球鞋嗎？》

我很煩惱，不知道該怎麼回覆才好。

他該不會是想找我約會吧……？

我沒有立刻回覆，過了一會兒，又收到這封簡訊。

《因為小圓的品味很好。拜託嘛！》

原來是這樣啊。……也對啦，數也只是把我當成朋友而已。

《OK！》

我為了自己的胡思亂想感到羞愧，慌忙回覆簡訊。

星期天。我出門跟數也見面。

不經意的瞄了一下三井家的方向。

……啊，解人出來了！

「解人！」

昨天一整天都沒見到他，我好高興，忍不住跑到他的身邊。

解人穿著綠色系的襯衫，貼身的牛仔褲和靴子。

雖然在學校穿西裝的模樣也很帥，不過休閒的打扮也很適合他。

這樣看起來，解人跟高中生沒什麼兩樣。

我常常被誤認為是高中生，現在的話我們看起來應該年紀相仿吧……？

「喂，你要去哪裡？」

「我才要問妳要去哪裡咧？」

「呃……。嗯，有點事……」

我沒辦法老實說出口，於是隨便敷衍過去。

「我要去圖書館。要去研究一下教材。」

「研究教材？」

「沒錯，老師在學生玩樂的期間也要認真工作。掰啦！」

解人笑著舉起手，背對著我走掉了。

要是他知道我要和數也出門，會不會有一點點嫉妒呢……？

我在約定時間的五分鐘前，抵達約好的Mister Donut。

「小圓！這邊、這邊。」

我望向聲音的方向，數也坐在最裡面的位置，笑著對我揮手。原來他已經到了。

我也對他揮手，然後在櫃台前面排隊，數也走了過來，排在我隔壁。

「我請妳吧。妳要點什麼？」

「咦，不用啦。這怎麼行……」

「今天是我拜託妳來的，當然是我請客！」

「……那我要點巧克力甜甜圈和加牛奶的熱紅茶好了。」

數也端著托盤回到座位，坐在我對面之後突然大聲說道。

「真不愧是小圓！一定要點紅茶啊！」

「蛤？」

「回到日本之後，我最困擾的一件事就是不管去哪裡，大家都喝咖啡而不是紅茶啊！」

數也真的很不甘心的說道，我忍不住爆笑出聲。

「對啊。而且明明是點milk tea，端上來的竟然是咖啡牛奶耶？」

「沒錯、沒錯！因為唸milk，所以以為是牛奶吧？」

接著我們又聊了倫敦的學校，還有彼此父母的工作等等話題。

數也不會讓我感到隔閡，可以放心的跟他聊天。是因為我們成長的環境很接近吧？

「哇，都過兩個小時了！我還要叫妳幫我挑足球鞋呢！」

「啊，對啊！」

「現在可以過去嗎？就在附近。我常去那家運動用品店。」
我點頭之後，數也先站起來，迅速收拾托盤。
我們走出店裡，走在一起。
應該不會遇到解人吧……。
「就是這裡。還蠻大間的吧？妳來過嗎？」
「沒有。……我小學的時候還沒有這家店耶。什麼時候開的？等一下再問解人好了。」
「誰？」
糟了！數也不知道我認識解人！
「呃，那個，解…… 對了，是我一個叫做甲斐（註：解人與甲斐的讀音相近）的朋友。他姓甲斐。」
「……哦。對了，小圓妳有在從事什麼運動嗎？」
「我在倫敦有打籃網球……」
「哦哦，這邊沒有呢。不過妳長得很高，高中之後可以打籃球啊？」
「對啊……」
……太好了。他好像沒有發現。

在數也試穿幾雙鞋子的期間，我在店裡亂逛。

還有操場用的三角錐。沒想到連這個都有賣耶。

除了紅色之外，還有橘色跟綠色。好像帽子似的，好可愛哦！

啊，仔細一看，這個形狀是不就是解人之前上課講的「圓錐」嗎？

最近我不管做什麼都會想起解人和解人說過的話。

我突然想起解人的笑容。

明明剛剛才見過面，我又好想好想見他了……。

「小圓，妳聽到了嗎？這雙跟這雙，哪一雙比較好？穿起來都蠻舒服的。」

「啊，嗯……。有線條的感覺比較顯瘦呢。」

「原來如此。對耶。那我要這一雙！請給我27號。」

數也開心的說完，店員的大哥哥來回看著我們，露出微笑。

「有這麼可愛的女朋友幫你挑，我好羨慕啊！」

「才、才不是！我不是他的女朋友！」

我感到雙頰一片滾燙，拼命的搖頭。

等到店員先走到櫃台之後，數也有點鬧彆扭的對我說。

「妳也不用否定成這樣吧。我有點受傷耶⋯⋯」
「咦⋯⋯？」
「沒什麼啦。謝謝妳！幫我買到一雙好看的鞋子！」

第二天，星期一早上。
我走進跟往常一樣鬧哄哄的教室，大家同時看著我。好奇怪哦⋯⋯。
坐在位置上之後，我一抬頭，整個人都僵掉了。
黑板上畫著二等分大三角形的情人傘。⋯⋯還寫了「數也」和「小圓」的名字！
旁邊還用紅色的粉筆畫了好多的愛心符號！
「這、這是怎麼回事!?」
我衝到黑板前面抓住板擦，拼命的把情人傘擦掉。
「怎麼了！妳不是在跟數也學長交往嗎？」
我一轉過頭就看到足球社的千葉同學一臉賊笑。
「蛤!?」

「昨天你們不是在Mister Donut約會嗎？其實我是七瀨的粉絲，我超難過的～」
教室裡哄堂大笑。
「才不是，那只是……。反正我沒有在跟數也交往啦！」
「哇，直接叫名字耶？感情很好嘛！」
「才沒有……」
「對了，外國人都是直呼名字的呢。真不愧是歸國子女！」
千葉同學說的話再次讓大家大笑。
我在大家的笑聲中，因為羞愧和不甘心抖個不停。
我以為經過畢業旅行和煙火大會之後，已經多少融入這個班級了……。
「妳不要介意啦。等到明天大家就忘記了…」
雖然詩織安慰我，不過那一天我一直覺得很沮喪。
還好是在班會之前，沒有被解人看到……。
回到家之後，起居室的餐桌上放著媽媽留的字條。

看來今天也會晚歸了。好想跟媽媽說話哦……。

我滿懷悲傷的情緒回到自己的房間，目光不經意的移到解人的房間。

咦？窗簾在搖耶？而且好像還有人影……。

他應該不可能這麼早就回來了吧。

我還是有點在意，走到陽台上。……要不要叫他呢？

「解人……。解人，你在嗎？」

「哦……」

果然是他！

「你已經回來了啦！怎麼這麼早？」

過了一會兒，窗簾拉開一半，穿著T恤的解人探出頭來。

「不要吵。……我有一點發燒。下課之後馬上就回來了。」

「蛤～！你還好吧！?」

「就叫妳不要大聲叫，我的頭會痛……。吃個藥再睡一下，明天就好了吧。」

解人把頭靠在窗框上，呼的嘆了一口氣。……看起來好像真的很不舒服。

「你真的不要緊嗎？伯母在家嗎？」

「不要緊啦。……小圓，我問妳……聽說妳跟數也在交往嗎？」
「咦……！你從哪裡聽來的……？」
「午休的時候聽千葉他們講的。」
「……我們沒有交往啦。他拜託我陪他去買東西，我只是陪他去而已……」
「是哦……」
解人把額頭貼在窗戶上，閉著眼睛說著。
「班上的同學好過份。為什麼日本人都要這樣對別人的事說三道四呢？」
「因為妳特別顯眼吧？」
「就因為我從英國回來？我想做什麼都是我的自由吧？唉，剛開始我還很努力的想要早點融入日本的學校，我現在已經不曉得該怎麼辦了！」
「小圓。」
解人微微睜開雙眼，打斷了我的話。
「別這樣說。」
「為什麼？這是事實吧。我只要有解人就好，其他的人我都不在乎！」
「不是這個問題吧。再說，我也不可能永遠都在妳的身邊。妳也差不多該離我遠一點了。」

「……什麼意思？是你老是說『我會想辦法』的啊！」

「我的意思是叫妳多看看妳的身邊。妳的世界太狹窄了。」

「世界是什麼意思？我認識日本也知道英國啊。」

「我不是這個意思。……掰掰。」

解人只說了這些話，突然啪的一聲拉上窗簾。

「解人！」

好過份哦。為什麼連解人都要說這種話？

……我再也不要為他擔心了！

「啊，妳還在看那個網站嗎？」

在還很炎熱的晚夏星期天下午。我呆呆望著筆記型電腦的螢幕。

解人說的話，還像一根刺一樣刺在我的心上。

「啊，嗯。可以看到全世界的時裝秀，很有趣呢！」

我最喜歡的就是這個世界時裝秀的影片網站。
依照品牌分類，可以看到在紐約、巴黎、米蘭、倫敦舉辦的時裝秀作品。
「不愧是媽媽的女兒。那麼妳看了媽媽的品牌中明年春夏的作品，妳有什麼感想？」
媽媽公司的品牌也是世界知名的，在這個網站上當然也找得到。
「咦？問我嗎……？嗯，我覺得色彩跟外形都很酷，感覺很清爽呢。在設計時好像包含了風的元素……。我覺得很棒哦！」
媽媽瞪大了雙眼盯著我。
「對不起！我說了什麼不得體的話嗎!?」
我慌忙說著，媽媽露出笑容，搖搖頭。
「不是哦！因為妳的評語非常精準，所以我嚇了一跳。小圓，妳什麼時候這麼了解時尚了？」
沒想到竟然會被這個時尚專家中的專家，也就是媽媽讚美！
「妳問我什麼時候哦……。我只有在看媽媽訂閱的外國時尚雜誌和這個網站……」
「這樣啊……。小圓妳真的很喜歡時尚耶。妳還記得倫敦的秀嗎？」

「當然啊！穿著華服走動的模特兒們，他們的動作讓我好感動哦。現在彷彿還歷歷在目呢！」

小學四年級，我剛去倫敦的時候，我一直無法習慣學校。

所以每到放學之後，我經常到媽媽工作的地方露臉。

在媽媽上班的地方，大家都對我很好，我最喜歡待在那裡了。

「妳還走了好幾次秀呢。那個時候，小圓上舞台的膽識讓我大吃一驚呢！」

媽媽想到之後又笑了起來。

第一次當模特兒是在我五年級的時候。

媽媽帶我去時裝秀，當時我站在舞台的後台出入口看，兒童模特兒突然身體不太舒服，所以我就上陣代打了。

我非常的拼命，照別人說的做，儘可能以優美的儀態，滿臉笑容的走秀。

出乎我的意料之外，我的走秀好像頗受好評，於是後來我又接到幾場秀和平面攝影的工作。

上國中之後，再也沒辦法穿童裝了，所以也就沒機會了。

我一直覺得那是孩提時期的美好回憶，其實……。

「小圓，妳還想當模特兒嗎？」

我的心用力的跳了一下。沒想到媽媽把我心裡的話都說出來了。

「蛤……什麼!?」

沒錯。雖然我從來沒說過，不過我一直想將來要成為模特兒……。

「媽媽覺得小圓有可能在模特兒這一行大紅大紫哦。除了對時尚的熱情之外，妳還有一種與生俱來的存在感呢。」

「哪有……。媽媽妳是不是在取笑我？」

「沒有哦。只是模特兒並不是只要長得漂亮，或是身材好，就可以當的簡單工作哦。要具備品味、知性，還有溫柔這些內在的光輝，才能襯托服裝。」

我似乎明白媽媽的意思。

我真的有可能性嗎……？

「想要擁有這樣的光輝，對於現在的小圓來說，知識跟經驗都還不夠呢。不過如果妳有心的話，媽媽會全力支持妳。」

一直深藏在自己心裡的夢想，現在跳出來了……。我有這樣的感覺。

我的內心有股力量推動著我，告訴我現在正是坦白的時候。

「媽媽，我……。想要挑戰模特兒的工作。」

「OK。下下星期的星期六，跟媽媽去攝影棚吧。先從現場觀摩開始！」

好久沒踏入時裝攝影現場，感覺跟以前好像不太一樣。

「怎麼樣？」

我歪著脖子。

「雖然英國跟日本不太一樣，不過看起來好像比以前還混亂耶……，該怎麼說呢，我都不知道除了模特兒跟攝影師之外，還有這麼多人在現場工作呢！」

「對啊。怎麼樣？妳想在這裡工作嗎？還是妳覺得很辛苦，不想幹了？」

媽媽試著瞄了我一眼。

「不會。我想在這裡。總覺得待在這裡我就會充滿力量……」

工作室後方傳來喊休息的聲音。

媽媽跟我併肩坐在工作室角落硬梆梆的沙發上。

「……媽媽，我的世界很狹窄嗎？」

「怎麼啦？怎麼突然這麼說……。有人對妳說了什麼嗎？」

我下定決心，將之前解人在陽台對我說的話說出來。

媽媽聽完之後，靜靜的摟著我的肩膀。

「我覺得解人真的非常重視小圓呢……」

「……才沒有呢。不然他為什麼要說『離我遠一點』呢？」

「……小圓啊。媽媽有跟妳說過小圓這個名字的由來嗎？」

「有啊。小學的時候，有一個作業是要寫自己名字的由來，那個時候我問過了。妳說『圓』這個字有著光滑美麗的意思。之前我一直以為它只有『又圓又可愛』的意思，我還大吃一驚呢。」

媽媽笑著點點頭。

「嗯。對哦。不過其實不只這樣呢。」

「咦？」

「我覺得對當時的小圓來說還太難了，所以沒有告訴妳。『圓』這個字還有許多人聚在一起的意思，還有穩重豐富的人性的意思哦。爸爸跟媽媽希望小圓成為這樣的女性，才幫妳取了這個名字。」

「真的嗎？我都不曉得……」

沒想到我的名字裡，藏著兩個人的心願……。

「我不曉得解人知不知道這個意思，不過我想他一定是希望小圓能認識更多的人，成長為一個圓滑的人哦。所以他才故意嚴肅的叫妳『離我遠一點』。」

「為了我著想……？怎麼可能……」

「不是嗎？小圓比任何人都還要清楚，解人是一個很溫柔的人吧？」

……沒有錯。

雖然解人說話比較冷淡，不過他真的很溫柔，隨時都在幫助我。

因為解人總是這樣，我才會這麼喜歡他……。

「小圓以後一定會遇到更多的人。也會經歷許多很美好的邂逅，有的時候也會煩惱、受傷。不過所有的邂逅都可以養成豐富的人性，活出妳自己的人生哦。」

這樣啊。雖然我還不是很懂……。我自己的人生，又是什麼樣呢？

解人老師的特別講座④

好啊！這裡要說明的是空間圖形！

解人，請講解更多第4章裡的部分！

巧克力甜甜圈……熱紅茶

（83頁）

將甜甜圈剖半之後，斷面呈圓形吧？以一條直線為軸心，畫一個圓之後，即可形成立體的甜甜圈狀。這樣的立體稱為**旋轉體**。如右下所示，以直線l為軸心，旋轉梯形一圈，就成了布丁的形狀。當軸心與圖形不相連時，就會形成甜甜圈的樣子，正中央有一個空洞的圖形了。

黑板上……情人傘。

（86頁）

沿著情人傘正中央的直線對折後，就能完全重疊吧？這樣的圖形稱為**線對稱圖形**，折線部分的直線即為對稱軸。對稱軸通過線段AB正中央的點，為與線段AB垂直的**垂直二等分線**。

接下來教大家如何畫出垂直二等分線吧。先以點A、B為中心分別畫圓（①）。假設兩個圖的交點為C、D，畫一條直線CD（②）。線段AB的垂直二等分線就畫好了！。

垂直二等分線

對稱軸

線段AB的垂直二等分線

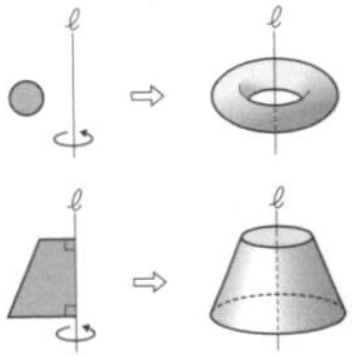

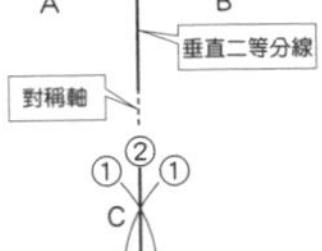

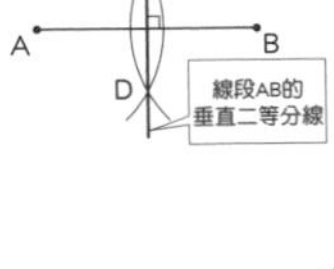

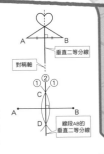

「圓」這個字有著光滑美麗的意思。

（96 頁）

先來看一下數學裡跟「圓」有關的用語吧。

在圓周上畫A、B兩點時，由A到B的圓周稱為**弧**，用$\overset{\frown}{AB}$表示。圓周上兩點連結而成的線段為**弦**，兩半徑之間的角度稱為**中心角**。由兩個半徑與弧包圍的圓形稱為**扇形**。

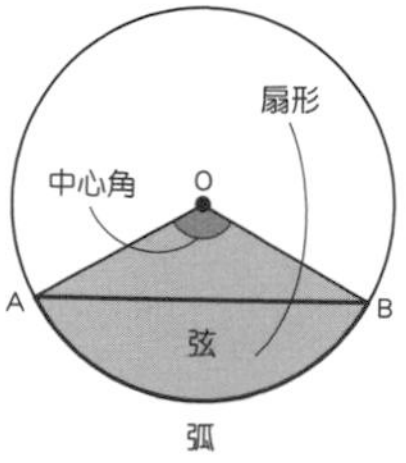

小學的時候，我們會用圓周率3.14來計算圓的圓周長度與面積，國中開始就會用π來表示了。半徑為r時，圓的圓周長為$2\pi r$，面積則以πr^2來表示。

扇形為中心角360°圓形當中的一部分，如果是中心角60°的扇形，圓周與面積即為原本的圓的$\frac{60}{360}$，所以下列公式即可成立。

> 若扇形半徑為r，中心角為a°，
>
> 弧長$l = 2\pi r \times \frac{a}{360}$
>
> 面積$S = \pi r^2 \times \frac{a}{360}$

Check! 老師的小測驗

Q.1 **當右邊的圖形以軸心l為中心旋轉一圈之後，形成的立體為何？**

①三角錐　②三角柱　③圓錐

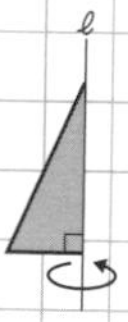

Q.2 **請求出半徑4，中心角90°的扇形面積。**

答案 Q.1……③／Q.2……4π

小圓的戀愛number

No.
Date

28.6 歲

女性平均初婚年齡

大家想在幾歲的時候結婚呢？我的話，如果對象是解人，滿16歲就想要馬上結婚了！因為結婚之後就能一直跟心愛的解人在一起了嘛！不過想要成為配得上解人的女性，可能還需要一點時間，所以先把目標放在22歲好了☆

根據日本厚生勞働省（註：相當於台灣的衛生署）的調查，2009年結婚的情侶中，女性的平均初婚年齡為28.6歲耶。男性則是30.4歲。據說不管是男性還是女性，平均初婚年齡都在持續往上攀升。

爸爸跟媽媽在1995年結婚，當時女性的平均初婚年齡是26.3歲，男性是28.5歲。往前推10年的話，女性是25.5歲，男性是28.2歲。再往前推10年，女性是24.7歲，男性是27.0歲。以前的人比較早結婚呢。

如果要在22歲結婚的話，我還剩下7年。在那之前我要好好用功，磨鍊我的內在，希望可以成為一個配得上解人的成熟女性。

【第5章】
她只是一個學生。

半夜兩點。我好像聽到媽媽在大聲說話，所以醒了過來。

走到寒冷的走廊，我看到媽媽房間的燈還亮著。

媽媽用英文叫著。該不會是倫敦出了什麼事了吧……??

我有一股不祥的預感，打開房間一看，媽媽握著手機，一臉驚訝的回過頭來看我。

我忍不住衝上去，把耳朵湊過去。

斷斷續續的聽到「heart attack（心臟病發）」、「hospital（醫院）」這些單字。

心臟病發？難不成是……爸爸!?

我這時覺得好像被人潑了一盆冷水。

我用一隻手撐住步履蹣跚的媽媽，在她說話的同時，扶著她坐到沙發上。

「Thank you very much for your help.（謝謝你。幫了我一個大忙。）」

把電話掛掉之後，媽媽坐到我的身旁。她緊握住手機的手，還微微顫抖著。

「爸爸發生什麼事了嗎!?」

媽媽瞬間閉上雙眼，呼的嘆了一口大氣之後，開口說道。

「他在大學上課的時候，心臟病發作，昏倒了，聽說被送進醫院了……」

「真的假的!?那麼現在爸爸怎麼樣了!?」

「基本上已經穩定下來了，不過好像還沒辦法聽電話……。剛才的電話是他的助手布萊恩打來的。」

「怎麼會這樣……」

簡直教人難以相信。爸爸的身體一直很好的……！

「總之我明天要先回倫敦一趟。小圓，妳一個人留下來看家，應該沒問題吧？」

「我也要去！」

「我明白妳的心情，不過媽媽一個人行動比較方便。對不起。等到辦完住院和檢查這些手續之後，我馬上就會回來。」

「不過……。要是爸爸治不好的話……」

「不要緊的。一看到媽媽的臉，妳爸爸馬上就會好了哦！」

媽媽說完，溫柔的摸摸我的頭，對我微笑。

「我一定會寫mail跟妳報告爸爸的情況。有事就先找三井家的伯母商量吧。媽媽也會先跟她說一聲的。」

結果我到天亮都沒辦法入睡。

「一定會沒事的。妳放心的去學校吧！」

媽媽正在準備出門，她停下手邊的動作站了起來，緊緊的將我抱住。

我強忍住想哭的心情，一走出玄關之後，我忍不住呆立在原地。

解人站在門口！

自從上星期他對我說「離我遠一點」之後，我們就沒有在學校以外的地方碰面了。

我緊張的走到他身邊，解人看到我之後說。

「剛才阿姨打電話過來，我已經聽說叔叔的事情了。」

「啊、嗯……」

「聽說阿姨要搭今天晚上的班機去英國？」

「對啊……。雖然我也很想跟去……」

「阿姨不在家的這段期間，妳來我家裡吃晚餐吧。」

「謝謝……不好意思…」

「傻瓜，妳在說什麼啊。這種時候才應該好好依賴鄰居吧？」

解人把手放在我的頭上，把我的頭髮抓得亂七八糟。

我的心跳加快，抬頭看著他，在解人眼鏡的後方，有一雙溫柔的眼睛望著我。

「連妳都露出這種表情的話，我也會擔心一整天，沒辦法上課了。沒事的，叔叔一定會很快好起來。只要一見到他心愛的阿姨，一定馬上就好了！」

「啊哈哈，你怎麼跟媽媽說一樣的話。」

我忍不住爆笑出聲，解人笑著點頭。

「掰掰。我先走了，妳等三分鐘之後再出發哦。」

「蛤，你叫我在這裡等嗎？太過份了！」

我發現原本沮喪的心情已經在瞬間消失的無影無蹤了。之前有一點尷尬的關係，好像也自然地恢復原狀……。

那一天傍晚，我乖乖聽了解人的話，到三井家吃晚餐。

「哇，好香哦！是馬鈴薯燉肉嗎？我好懷念伯母的馬鈴薯燉肉耶！」

我走進廚房說道，伯母對我露出微笑。

「聽到妳這麼說，我也很高興。沒有錯，馬鈴薯燉肉一定要加豆莢裝飾呢。我還沒有把豆莢去筋，要不要來幫忙？」

「好～！」

我站在伯母旁邊，開始除豆莢的筋。

「這樣子讓我想起小圓還在唸國小的時候呢。不過妳一下子就出落成漂亮的小姐了。在學校一定有很多男生追妳吧？」

「才沒有呢。沒有人比解人還帥啊！」

「唉呀。那個電玩宅男哪一點好了啊……」

伯母故意不提爸爸的事呢……。

而且我覺得她對我比平常還要開朗。

「這項作業啊，我一個人要弄好久，兩個人一起做，一下子就弄好了呢。」

「咦？今天解人上課好像有提到耶……？有一個問題是一個人搬要花六個小時，三個人搬只要兩小時就能結束了……」

「是反比例吧？今天才剛復習的，妳已經忘記了啊？」

聽到這個聲音後，我轉頭看，解人正走到廚房的入口。

「歡迎回來！」

「阿姨已經出發了嗎？」

「嗯，她剛剛才從機場傳簡訊給我，說是要上飛機了。」
「這樣啊。……喂，看妳在這裡悠哉悠哉的樣子，作業已經寫完了吧？」
「作業？」
「妳忘了嗎？函數的報告。我不是說了要發表嗎？」
「啊！對了。……等一下可以教我嗎？」
「我不能對妳有特別待遇！」
「幹嘛這樣，你就教她一下嘛。小圓妳看，豆莢已經煮好了哦。解人，快點去換衣服！」
伯母看了一眼突然變成老師的解人，幫了我一把。
「媽媽從以前就很寵小圓。真是拿妳沒辦法……」
「……聽好了？先畫出正比例、反比例的圖表……。到這裡為止還懂嗎？」
晚餐後，解人在自己的房間陪我寫報告。
他配合我的程度，仔細的講解。我真喜歡解人的這種個性。
他應該還要忙著準備自己的上課內容，他卻完全沒對我提起。

正比例就像是我的心情。跟解人待在一起的時間越久，我就越喜歡他。

「小圓，妳有沒有在聽？」

「啊，有啊、有啊！」

「不集中注意力的話，怎麼做得完！」

偶爾還會被罵，不過在時鐘的指針走到九點的時候，總算把報告完成了。

之後解人送我走到家門口，我真心的說道。

「今天真的很謝謝你。明天的口頭報告我會好好加油！」

「不用道謝了。……晚安。記得把門鎖好。」

第一節就是發表報告的數學課。

我想在上台之前再演練一次，所以比平常提早三十分鐘出門。

我在空無一人的教室裡，從書包裡拿報告後，我不禁懷疑起自己的眼睛。

不對，這份是草稿！

我把原稿放到哪去了？該不會是忘在解人的房間裡了吧？

兩個人做好久才一起努力完成的……。

不過解人可能會發現，然後幫我送過來吧。問他一下好了！

我慌忙跑出教室，迎頭撞上某個從走廊衝進來的人。

「呀！……啊，解人！」

「妳昨天把報告忘在我房間了吧？本來想等到今天早上再拿給妳，沒想到妳已經出門了。拿去！」

「謝謝！太好了～。這樣一來報告就沒問題了！」

「真是的。妳要振作一點哦。」

這時候我們完全沒有發現，有幾個女孩聽到我們在走廊的對話。

終於輪到我上台報告了。

我緊張的唸完報告，看著黑板前面的解人。

「嗯，七瀨也寫得很好。」

解人露出微笑，我在心裡默默的說聲謝謝。

還好解人幫我拿報告來。我又再次受到他的幫助了……。

上完課之後，解人一走出教室的時候

一群平常很少跟我聊天的女孩突然把我圍住。

「七瀨同學妳太狡猾了吧？昨天妳去三井老師家了吧？而且還稱呼老師『解人』吧？這是怎麼回事？」

「啊、那個……。其實我家就在老師家隔壁，我們從以前就認識了……」

「什麼!?所以你們兩個人一直隱瞞這件事嗎？」

「說什麼隱瞞……」

面對大家來勢洶洶的質問，我說不出話來。

不知不覺間，有越來越多人來到我們身旁。

「你們在吵什麼!?」

隔壁班老師正好從走廊經過，他的叫聲讓大家回過神來。

怎麼辦，解人？事情曝光了……。

第二堂課我完全無法認真上課，下課之後，島田老師面色鐵青的走進教室。

「七瀨。妳過來一下。」

在大家的注視下，我被島田老師帶出教室。

我被帶到校長室，解人已經在裡面了。
島田老師關上門，平靜的對著併肩站在一起的我們說道。
「請你們說實話吧。對我來說，三井老師跟七瀨都很重要哦。」
「島田老師……。非常抱歉，造成您的困擾。」
「流言是真的嗎？我看了通訊錄，你們兩個人的地址確實只差了一號。所以你們真的是鄰居嗎？」
校長也一臉擔心的問解人。
「是的。七瀨家跟我家的確有十幾年的交情。我也是從小就認識七瀨了。只是對於現在的我來說，她只是一個住在隔壁的學生。沒有其他的關係了。」
解人看也不看我一眼，一口氣說完。
「這次只是因為七瀨在英國的父親病倒了，她的母親臨時離家，所以我母親才會邀獨自留在家的七瀨到我家吃晚飯。」
「我可以相信你嗎？」
校長像是鬆了一口氣似的說道。
「是的，當然可以。我不希望造成思春期學生們的誤會，所以也沒有向老師們報告，這件事是我的不對。真是非常抱歉。」

解人說完後，對校長他們深深一鞠躬。

「這樣啊，我知道了。既然本人都說自己坦蕩蕩，流言也不是真的。應該馬上就會消失了吧！」

「謝謝。……七瀨，都是我輕率的跟妳說話，造成妳不好的回憶，我要向妳道歉。為了不要再被誤會，以後我們最好不要太常說話比較好。」

說完，解人才第一次看了我。

「是的……。三井老師。」

當天晚上，伯母聽解人說了事情的經過，所以幫我把晚餐送來家裡。

我一個人坐在餐桌前，不過眼淚掉個不停，我完全吃不下。

這時手機收到簡訊。……是媽媽傳來的。

《爸爸已經沒事了，放心吧。那邊有沒有發生什麼事？我馬上就回家囉！》

我心想媽媽也很忙，不能讓她擔心……。所以我簡短的回了簡訊。

《放心吧！我很好。回家路上小心。代我跟爸爸問好。》

那件事發生之後，校長說的話完全不準，在學校傳開的流言一直沒有消失。

「小圓別想太多！大家一定馬上就忘了啦！」

詩織開朗的鼓勵我，不過被大家明顯的指指點點，還是讓我覺得很難受。

我不想去上學了。不過我也不想請假，這樣會害解人擔心。

這時媽媽從英國回來了。

聽到爸爸的病情沒有我想像中的嚴重，我總算放下心上的大石頭。

好久沒有兩個人一起吃晚飯，吃完後，媽媽一臉若有所思的對我說。

「小圓，我跟妳說。等到妳國中畢業之後，我們馬上回倫敦吧！」

「蛤？為什麼？妳不是說爸爸沒事嗎……」

「嗯。醫院檢查也說不會突然發病。不過，爸爸的心臟好像很衰弱呢。所以媽媽還是想跟爸爸和小圓三個人一起生活。家人一定要在一起才行啊！」

「媽媽……。工作呢？」

「明天我當然會跟老闆談談。原本這次回日本設立品牌的工作就有限定的期間了，只要有可靠的人來接手，我想應該沒問題。」

這個時候的媽媽一定不會輕易改變自己的想法。

好不容易才回到日本，再次見到解人……。

明年我生日那天要去約會的約定恐怕也沒辦法實現了，我們又要分隔兩地了……。

幾天後的班會，我們拿到一張三方面談的日期調查表。

三年級學生在第二學期的期中考成績出爐之後，要與導師及監護人進行三方面談，決定未來的志願學校。

「小圓妳要考歸國子女上的高中嗎？」

班會結束之後，詩織不經意的對我說，我不知道該怎麼回答才好。

國中畢業之後就要回倫敦了，所以我不會考日本的高中……。

當天晚上，我把三方面談的調查表交給晚歸的媽媽。

「在三方面談的時候說要回倫敦的事情吧。」

「嗯。……那個，解人還有三井家伯母他們呢……？」

「我怕他們擔心爸爸的事，所以晚一點再說吧，媽媽會跟伯母說的。」

如果解人知道我要回倫敦，他會怎麼想呢……？

後來，除了上課之外，解人再也沒有對我說話，連視線都不肯跟我對上。

今天早上也是，雖然在上學的路上，解人騎著腳踏車從我身後追過，不過他根本沒有跟我打招呼。

腳踏車和步行的速度大約差了三倍。

解人越來越小的背影，正如我們之間的距離，我覺得好難過。

今天詩織請假，我回家時一個人走到大門口，卻發現我的鞋子不在鞋櫃裡。

我感到往來學生們的視線，雖然我努力的找鞋子，不過還是沒找到。

在我找鞋子的時候，天色已經暗了，提醒同學離開學校的音樂響起。

我不知道該怎麼辦，只好穿著室內鞋走出門口。

走出校門後不久，我拼命忍住的淚水終於掉下來。

在日本果然沒有我能待的地方……。

「小圓？」

突然有人叫了我的名字，我吃驚的回頭。

「數也……!?」

「妳在哭嗎？咦，妳怎麼穿室內鞋！發生什麼事了？」

我跟數也併肩走著，將之前的事情一點一滴的說出來。

我跟解人的關係，還有被大家發現的事情。在學校被大家排擠和騷擾。畢業之後要回倫敦的事情……。

「……我完全都不知道……。不過對方是老師耶？不可能會順利吧？」

「……嗯……」

「如果是我的話，一定不會讓小圓哭泣。我高中畢業之後，打算去英國留學，學踢足球。到時候我可以去見妳嗎？……以男朋友的身分。」

我吃驚的抬頭，數也筆直的盯著我。

「抱歉……我……沒辦法喜歡上解人以外的人。」

燈號轉成紅燈了。數也跟我在令人尷尬的沈默中，站在斑馬線前方。

這時後面穿來緊急煞車的聲音。……我回過頭之後就無法動彈了。

「解人……！」

怎麼辦！為什麼偏偏是這個時候……！

解人看了我一眼，馬上又移開視線，看著前方。

「小三，聽說你跟小圓是鄰居耶。我嚇了一大跳。」

解人什麼話都沒說。只是一直盯著紅綠燈。

「我才剛跟小圓告白，然後被甩了。」

「你在說什麼？別再說了。」

「你知道原因嗎？……是因為小三啊！」

我覺得解人握住把手的手似乎動了一下。

「不過反正小圓畢業之後就要回倫敦，要跟小三告別了。」

解人這才第一次看了我。同時，燈號變綠了。

「數也，這件事我還沒告訴解人……！」

「是嗎？什麼啊，這麼重要的事妳都沒說嗎？那表示我還有介入的餘地了。」

數也斜眼瞪著解人，一個人走到斑馬線的另一頭去了。

燈號再次轉為紅燈。解人盯著我穿著室內鞋的腳。

「……妳要回倫敦了嗎？」

「嗯……。媽媽說她還是想待在爸爸的身邊。」

「……這樣啊…」

「……你只有這句話要說嗎？明年我生日要去約會的約定呢……？」

「妳要回倫敦吧？不能實現了吧？」

「是這樣沒錯……。可是……我想待在解人身邊啊！」

「不行。我不是說過『離我遠一點』嗎？……我不希望妳再遇到這種事了。」

燈號轉綠了。解人的腳踏車起步，馬上就離我好遙遠。

雖然數也在斑馬線的那一頭等著我，不過我卻蹲在原地放聲大哭。

解人老師的特別講座⑤

好啊！這裡要說明的是比例！
解人，請講解更多第 5 章裡 的部分！

正比例……我就越喜歡他。

（108 頁）

當某數x為2倍、3倍時，另一個數y也會成2倍、3倍…，這兩數的關係即為**比例**。比例的公式為**y＝ax**。a為**比例定數**，$\frac{y}{x}$ 的值永遠固定。

比例的圖形重點在於**通過原點的直線**。y＝3x 的圖形即為圖例所示。

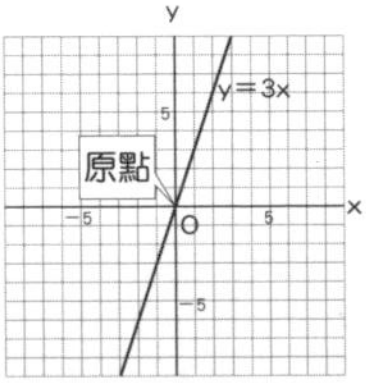

有一個問題是一個人搬……兩小時就能結束了……

（106 頁）

一個人搬固定量的物品時，需要花6小時，兩個人只要3小時，三個人搬只要2小時即可…。假設人數為x，時間為y，當x為2倍、3倍時，y就成了1/2倍、1/3倍吧？這兩數的關係即稱為**反比例**。通常表示反比例關係的公式為 **$y=\frac{a}{x}$**，a為比例定數，為x與y的積。不叫做反比例定數哦。反比例的圖形如圖所示，是兩條和緩的曲線，稱為**雙曲線**。

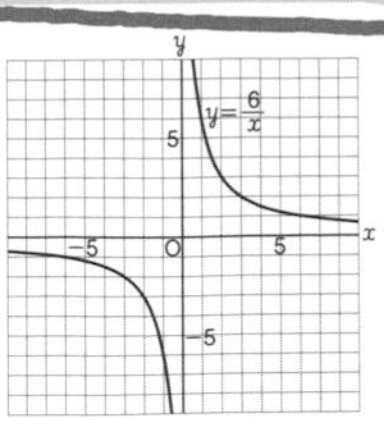

腳踏車和步行的速度大約差了三倍。

（116 頁）

小圓步行，我在4分鐘後騎腳踏車出門，將抵達學校的這段時間與距離的關係，以 x軸表時間，y軸表距離，製成圖形。

小圓是正比例的圖形，我則是一次函數的圖形。所謂的**一次函數**會以 **y＝ax＋b** 的公式表現，將會朝向正比例y＝ax圖形y軸的正方向，並呈只往b平行移動的直線。當b為負數時，會像我的圖形這樣，往負方向平行移動哦。

兩個圖形的交差點就是我追過小圓的地點與時間！

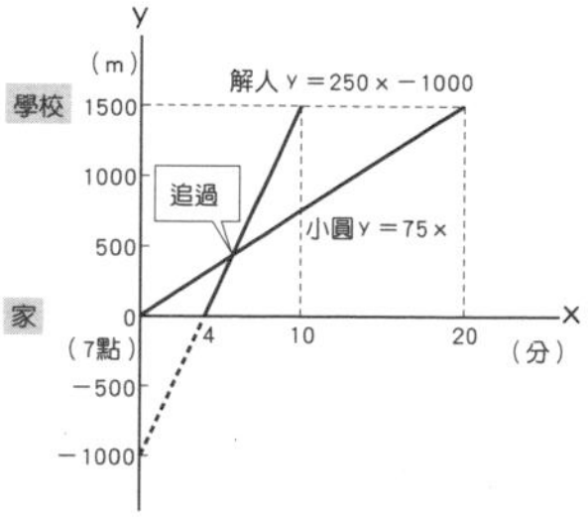

Check! 老師的小測驗

／3

Q.1 **y 與 x 成正比，x＝2 時 y＝6。請求出 x＝4 時 y 的值。**

Q.2 **y 與 x 成反比，x＝3 時 y＝4。請求出 x＝6 時 y 的值。**

Q.3 **下列哪一種公式表示一次函數？**

①y＝ax　②y＝ax＋b　③$y=\frac{a}{x}$

答案　Q.1……y＝12／Q.2……y＝2／Q.3……②

No.

Date

小圓  的戀愛number

7

喜歡的數字

在0～9的數字中，你最喜歡哪一個數字呢？根據一份網路問卷調查，第一名的數字是「7」。有「Lucky seven」的說法，在日本搭乘寶船的也是「七福神」，的確給人一種吉祥的印象呢。因為我姓「七瀨」，所以我覺得這份問卷調查的結果好像在誇獎我自己似的，好高興哦！

第2名是「3」，第3名是「2」。7和3和2的共通常在於它們都是質數（只能被1和此數本身除盡的整數）呢。

還有「0」這個數字，跟其他的數字好像不太一樣呢。不過在這份調查中，沒有什麼人選它，結果敬陪末座了。

接下來要問大家一個問題哦。我最喜歡哪一個數字呢？因為我是「七瀨圓」，所以你們以為是「7」嗎？我當然喜歡「7」，不過它不是我的第一名。我最喜歡的是「3」。因為它是「三井」解人的「3」嘛！

（goo ranking的調查）

【第6章】小圓，不要走。

就在我還在苦思解人話裡含義的情況下，寒假就開始了。
今天是聖誕夜。回到大學上課的爸爸，今天會趁著聖誕假期回來日本。
我跟媽媽為了迎接爸爸，一早就忙著準備。
「啊，爸爸傳簡訊來了。」
媽媽發現手機傳來簡訊，停下打掃工作，拿起手機。
「他說已經到成田機場了！太好了！」
媽媽看起來非常高興。這是當然的。前陣子還發生過那種事情嘛。
我當然也很開心，再怎說，今天是一年裡我最期待的日子。
不過我心裡想的全都是解人。
他還好嗎？他現在在幹嘛呢？……我一直掛念著在窗戶哪一頭那個解人的房間。
不過他房間的窗簾一直是拉上的，我根本不曉得他在不在。
儘管我想過去找他，但自從那次學校的流言之後，我再也不敢隨便到三井家了。
而且想到解人可能又會對我不理不睬，坦白說，我有一點害怕。
他從來都沒這樣對我呢……。

下午爸爸回到我們家，三個人總算久違重逢了。

爸爸比我想像中還要有精神，我總算放下心上的大石頭了。

行李整理的差不多之後，正想要休息一下，這時玄關的門鈴響了。

「啊、伯母……午安。」

「午安。爸爸到家了嗎？我剛才好像聽到計程車的聲音……」

聽到伯母的聲音，爸爸他們走到玄關。

「三井太太，好久不見！這次給您添了不少麻煩……」

「你在說什麼啊？別跟我客氣。……看到你這麼有精神，我就放心了。」

伯母露出跟解人相似的溫柔笑容說著。

「其實我們家的爸爸也回來了，今天晚上想說慶祝你大病初癒，要在我們家辦一場聖誕派對，所以我來邀你們參加。」

「啊，好棒哦！」

媽媽忍不住大叫。

「我們覺得熱鬧一點比較開心啊。不然就從六點開始吧？」

聖誕派對嗎……。解人也會參加吧？

後來我們都沒能好好說話，他還好吧……？

當天晚上，我們拿著爸爸從英國帶回來的禮物――威士忌和甜點造訪三井家。

我煩惱了好久，最後穿上黑色小洋裝和白色罩衫。

我本來想戴上解人送我的戒指，最後還是放棄了。

我站在爸爸他們身後緊張的等著，門打開了。……是解人！

怎麼辦？我還沒做好心理準備耶！

「嗨，解人，你已經長這麼大啦！」

爸爸大聲說著，穿著黑色V領針織衫的解人微微一笑。

「好久不見。看到您這麼有精神真是太好了。請進吧！」

……解人完全不看我耶……。

我覺得好寂寞，走在最後進玄關。

好久沒來這間起居室，一進門後，窗邊的聖誕樹立刻映入眼簾。

「哇，好美哦……」

閃閃發亮的紅燈和綠燈，還有金色的裝飾品。

溫馨的氣氛讓我回想起英國，忍不住衝到樹旁。

我們家的大樹還放在英國呢。

哇，好懷念哦。樹上掛了好多可愛的薑餅！

「好厲害哦！這些全都是伯母烤的嗎？」

「對啊。想到小圓要來我們家，所以我很努力做了很多呢！」

伯母得意的說著，解人從旁邊插嘴。

「作法很簡單。✪都是用同一個模型壓的，形狀全都是全等哦！」

「真是的，解人一定要扯到數學就對了。」

伯母斜瞪了他一眼，解人哈哈哈的笑著離開了。

太好了，解人跟以前一樣……。

「來吧，我們邊吃邊聊。小圓也過來坐下吧！」

在三井伯父的邀請之下，我不自覺的坐在離解人最遠的座位。

六個人齊聚之後，聖誕派對就在向爸爸乾杯以及他的致詞之中開始了。

「讓大家擔心了，誠如大家所見，我現在已經完全康復了。」

爸爸的心情似乎很好。一直往坐在隔壁的解人酒杯裡倒威士忌。

「終於可以跟解人一起喝酒了。真高興啊～」

他勸解人喝了好多酒……。不知道已經是第幾杯了？

「我也很高興！」

解人說完就笑了，豪邁的將杯子裡的威士忌一口喝乾。

我還是第一次看到解人喝酒的樣子。……他的臉好紅哦，還好吧？

他看起來好像很高興。班上的女孩應該都不知道他還有這一面吧……。

我喝著果汁，覺得有一點得意，盯著解人看。

「您要在日本待多久呢？」

解人往爸爸的杯子裡倒酒，一邊問道。

「只有一個星期。不過一等到春天的時候，小圓她們就會回倫敦了，我就不會寂寞了！」

聽了這句話，解人瞄了我一眼。我慌張的移開視線。

爸爸應該沒有發現我們之間的動作，不過他突然一臉若有所思的模樣。

「對了，小圓。妳在倫敦上的那所國中，教堂終於修復完成了，現在變得很漂亮哦。妳看到之後一定會很感動。」

爸爸真是的，別在解人面前聊這個嘛……。

「這樣啊？沒看到還不知道呢……」

我盯著餐桌上的餐點，盡可能平靜的說道。

喝酒喝到臉紅的媽媽突然站了起來。

「鏘鏘！雖然我已經跟爸爸說過了，現在要向大家報告一個重大消息！」

什麼重大消息？……媽媽想說什麼呢？

「早在很久以前，我認識的一家英國模特兒經紀公司就跟我說他們想要栽培小圓！」

「咦！」

「我一直都曉得小圓對於模特兒這個職業有所憧憬。不過我也很清楚那個世界有多嚴酷，所以我以『等到小圓十六歲之後再說吧！』這個理由婉拒了。」

所以她之前才會突然問我「想不想當模特兒」啊……！

「前陣子對方又跟我聯絡，希望小圓參加預計於明年冬天拍攝的廣告試鏡呢。我想明年冬天小圓也滿十六歲了，應該可以參加吧。妳覺得如何……？」

模特兒……？廣告……？太突然了，我不知道該說什麼才好。
大家的視線都集中在我的身上。當然解人也是……。
「小圓好厲害哦，說不定可以出道當模特兒了！」
「小圓的話，超模也不是夢想吧。解人你說對不對？」
伯父看著解人。我忍不住摒著氣，看著他的表情。
「嗯，對啊……。我好像醉了。我先去躺一下。」
解人突然站起來，腳步踉蹌的走出起居室。

過了半小時之後。
大人們熱烈的聊著我要出道當模特兒的話題。
其實我應該要非常開心，不過我只是漫不經心的聽著。
解人怎麼一直沒回來呢……？
他看起來很醉，還好吧？
「解人好慢哦…」

「我看是喝太多，已經醉倒了吧。解人～！」

伯母放下筷子，對著門的另一頭大叫。

「……我在這裡……」

「……咦？解人的聲音是從隔壁傳來的嗎？」

「唉，大概在客房的沙發上吧。……解人，別在那裡睡覺，會感冒哦！」

雖然伯母這麼說，不過她聊得正起勁，並不打算起身。

媽媽望著隔壁房間，以擔心的口氣說道。

「他還好吧？小圓，妳去看一下吧？」

「他躺一下就回來了吧？那孩子不像我，一下子就醉了。啊哈哈哈哈！」

跟著伯父豪爽的笑聲，大人們都爆笑出聲。

這可不是笑的時候啊。他穿的很少，說不定真的會感冒耶。

我拿起放在一旁的毯子，悄悄離開起居室。

走進昏暗的客房，我看到一個大黑影橫躺在沙發上。

穿著牛仔褲的長腿露在沙發外。

我靜悄悄的走過去，解人以雙臂交疊的模樣沈睡著。

我輕輕的把毯子蓋在解人身上，盯著他的睡臉。
喝了那麼多酒之後呼呼大睡，簡直就像個小孩子似的。
眼鏡也滑到鼻尖了……。
我不禁跪坐在地板上，一直盯著他的臉龐。
不知道過了多久。解人的睫毛微微掀動，隨後睜開雙眼。
「小圓……？」
我慌張的站起來。
「你、你還好嗎？要不要喝水？」
我覺得自己的臉越來越紅，把目光移開。
解人沒有回答。
不過就連在黑暗當中，我都能清楚感覺到他用恍惚的目光盯著我。
「啊、那個，我去幫你倒水哦！」
我覺得好害羞，正想要背對解人。
這時突然有人從身後拉住我的手臂。
「解人……？」

「……不要走啊，小圓。一直待在我身邊……」

我以為我的心臟要停止了。什麼意思……？

「……真是的，雖然心裡這麼想，總不能說出來啊。我真是個傻瓜……」

解人說了這句話後，原本抓著我手臂的手鬆開了。

我偷偷的看了一下解人的臉。……咦，他還在睡啊……？

我站在原地，心底不斷的反覆解人剛才呢喃的話。

剛才是夢話……？難道解人對我……？

不行。我國中畢業之後，一到春天就要回倫敦了。

我的腦袋一片混亂，已經搞不清楚了。

不過我想待在解人身邊。我不想離開他。只有這一點，我非常肯定。

當我的眼淚快要掉下來的時候，客房的門打開了，光線透過門縫照進來。

「唉呀，解人真的在這裡睡著了呢！」

我小心不要被媽媽發現，別過頭用手指拭去淚水。

「今天太高興了，不小心就待到這麼晚了呢。我有點擔心爸爸的身體，差不多該告辭了。」

我只好跟著走出客房。好幾次轉頭看著睡夢中的解人……。

「我灌他太多酒了吧。一見面就做出這種失禮的事情…」

爸爸在玄關搔搔頭，三井伯母說句「沒那回事」，忙著擺手。

「我好久沒看到解人笑得這麼開心了。他最近一直無精打采呢！」

回家洗完澡，我鑽進被窩之後，還是一直想著解人的話。

被解人抓住的右手，好像還燙燙的。我覺得喘不過氣。

我想喝個水，於是走到一樓，正在幫爸爸整理行李的媽媽看到我之後抬起頭來。

「小圓，妳還沒睡嗎？」

「……媽媽。那個，我有話想跟妳說。」

「什麼？這麼正經。啊，妳急著要聖誕禮物嗎？放心，我早就準備好了哦。敬請期待明天早上哦！」

像是要消除媽媽呵呵的笑聲，我一口氣說出口。

「我不要回倫敦。我想要一個人留在這裡。」

「蛤！？」

「家事我可以自己來，也有地方住，應該沒問題吧？」

「怎麼了？這麼突然。發生什麼事了嗎？」

「不是，沒有啊。我只是想要留在這裡而已。一個人也沒關係，我想留在日本。」

媽媽睜大雙眼，一直盯著我。

一直以來，我都認為不可以給爸爸和媽媽添麻煩，所以總是壓抑著自己的想法。

不管再寂寞、再難過，我都不會說任性的話。

不過，只有現在，我想要照著自己的想法……。

媽媽一直沈默的聽著，她露出沈重的表情說道。

「我一直覺得對小圓很抱歉，讓妳遷就我們這對父母。不過，我之前也說過了，我覺得家人最好能夠在一起。而當有人不健康的時候，更應該這麼做。」

「我也很清楚。不過……」

「剛才模特兒的事情，妳也嚇了一跳吧？我覺得妳在英國可以追求模特兒的夢想。……即使這樣妳還是想要一個人留在日本嗎？」

媽媽好狡滑哦。現在還提這件事……。

後來我們兩個人邊哭邊聊，聊了很久，我們的想法依然是平行線。

我才不需要什麼聖誕禮物。我只希望可以一直待在有解人的日本……。

過年之後，爸爸回到英國，又只剩下媽媽和我兩個人生活了。

後來媽媽跟我都儘量避談我畢業後的事情。

跟解人也是，聖誕節之後我們就沒再見過面了。

爸爸回國的時候，他好像有事外出了，也沒有來送行……。

不過現在可不是想這種事情的時候了。

寒假最後一天的晚上，我想到我還沒把作業做完。還有數學。

真希望解人可以幫我。……不行，我要自己努力！

一想到明天起每天又能在學校看到他，我就覺得好開心。

……唉，我又在想解人的事情了。我真是沒用。

這時我驀然抬頭，從窗簾拉開的縫隙中，我看到藍白色的透亮滿月。

高掛在天空裡的冬季滿月。真的好美麗，我好喜歡哦。

我想要看得更清楚一點，於是我打開窗戶。……接下來我就再也無法動彈了。

在我眼前的是站在陽台上，跟我一樣正在欣賞月亮的解人。

我不知道該說什麼才好，目光對上低下頭的解人。

「妳還沒睡啊？……真是的，熬夜的話會趕不上明天的開學典禮哦。」

他還是一樣冷淡，不過我覺得很好笑，爆笑出聲。

「什麼嘛，一副老師的樣子。」

「我就是老師啊。」

解人說完，瞇起眼鏡後面的雙眼，露出微笑。

……我還是沒辦法放棄。

如果你只把我當成「一般的學生」，就別對我露出這種笑容嘛。

反正我在這裡也沒辦法待太久了，我希望不要給以後還要當老師的解人造成困擾。

所以我在最後都要當一個「一般的學生」……。

「那麼，三井老師。」

我下定決心，打開窗戶，走出陽台。

「數學的寒假作業，我有一些不懂的地方，可以請您教我嗎？」

我注視著解人的雙眼，第一次用學生的口氣客氣的說著。

解人瞬間呆呆的看著我。

「啊，嗯，可以是可以啦……」

「騙你的！我的作業不用問解人，我早就做完了～」

我笑著說了一個謊。一個悲傷的謊言。

「切，真過份。別捉弄大人了。……算了。小圓笑了就好。」

「咦……」

「模特兒的事，很棒耶。那是妳從小的夢想吧？……這是一個非常微小的機率，好不容易才抓住的機會。妳要好好加油，免得將來後悔哦。」

「嗯。謝謝……」

「晚安。」

解人輕輕舉起手。我也輕輕揮了手。

「晚安……」

沒錯。我要在倫敦好好努力。……就算解人不在我的身邊。

我對著正要走進房間裡的解人的背影說完，自己也打算回房間。

「小圓。」

我嚇了一跳，轉過身來。

「聖誕夜那天，我有沒有說什麼奇怪的話？」

後來又過了一個多月，現在是情人節晚上。我站在三井家的玄關前。

我想把昨天做到很晚才完成的大愛心巧克力送給解人。

我也做了很多小一號的心型，送給詩織友情巧克力。

詩織在放學後去了教職員辦公室，她回來之後對我說。她在解人的座位下方，看到可愛的紙袋。

好像還有女生在教職員辦公室外面等解人走出來。

我不想和大家一樣，所以不想在學校裡交給他。

解人會收下我的巧克力嗎？要是他不收的話，我該怎麼辦呢……？

不過，這可能是最後一次送巧克力給解人的機會了。

我深呼吸，下定決心按了玄關的門鈴。

「是小圓啊，歡迎妳來。」

「伯母，晚安。請問解人……？」

「他還沒回來哦。他在學校有跟妳說嗎？」

我搖搖頭。討厭，情人節竟然這麼晚才回家……。

「……啊，那個該不會是巧克力吧？」

「咦？呃，嗯！」

「那妳放在解人的書桌上吧？他一定會很高興的！」

會嗎……？如果是這樣就好了……。

我捧著裝了巧克力的盒子，緊張的走上樓。

好久沒來解人的房間了……。不過這還是我第一次一個人進來。

電視機前面放著遊戲機，還有好多的遊戲軟體。

跟這些孩子氣的東西呈對比，書架上擺滿了數學跟教育的書籍。

這些書名我都看不懂。解人果然是老師呢……。

我覺得有一點寂寞，打算放下巧克力就回家。

這時我看到魔術方塊鑰匙圈，就擺在書桌上。

那是可愛的粉紅色魔術方塊……。

解人老師的特別講座⑥

好啊！這裡要說明的是全等！
解人，請講解更多第 6 章裡★的部分！

都是用同一個模型壓的，形狀全都是全等哦

（127 頁）

可以完全重疊的兩個圖形就稱為**全等**圖形。全等圖形的形狀與大小都完全相同。以兩個三角形為例，只要下列三種條件（**三角形的全等條件**）當中的一項成立，就可以稱為全等。

①三邊對應相等。

②兩邊與一夾角對應相等。

③兩個角與一邊對應相等。

△ABC與△DEF全等的時候，用 **△ABC≡△DEF** 來表示。

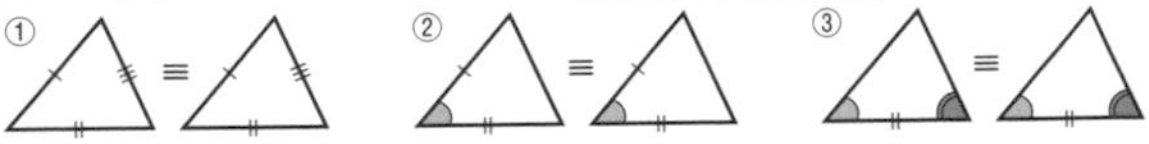

聊了很久，我們的想法依然是平行線。

（136 頁）

平行的直線永遠不會相交。

兩條朝直線l、m與另一條直線n相交時形成截角，如右圖∠A與∠B，∠C與∠D這些相對的角稱為**對頂角**，各自為大小相同的截角。此外，如∠A與∠C這種位置關係的角稱為**同位角**，如∠A與∠D位置關係的稱為**錯角**。這時如兩條直線l、m為平行時，同位角與錯角相等。

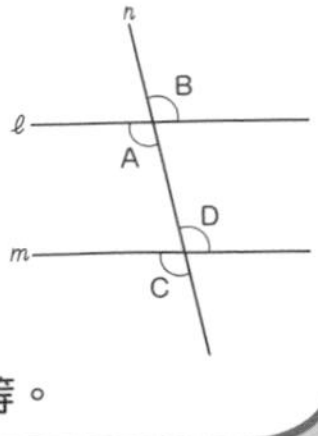

我也做了很多小一號的心型……友情巧克力。

（140 頁）

全等是形狀與大小相同的圖形，當某個圖形的形狀相同，以等比例放大或縮小時，稱為與原本的圖形**相似**。兩個三角形相似的條件（**三角形的相似條件**）也有三種，只要其中一種成立，就可以稱為相似。

①三邊對應成比例。

②兩邊對應成比例且夾角相等。

③兩個角對應相等。

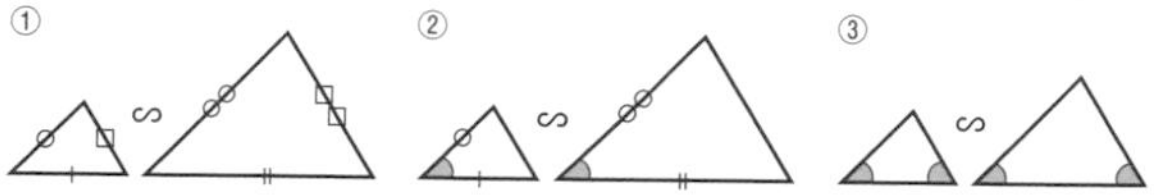

當△ABC與△DEF相似時，用 **△ABC∽△DEF** 來表示。由於全等條件與相似等似類似，請不要混淆，好好分清楚哦！

Check! 老師的小測驗

3

Q.1 **當二個三角形的兩邊與一夾角相等時，這兩個三角形的關係是？**

①相似　②全等

Q.2 **右圖中何者為∠A的同位角？**

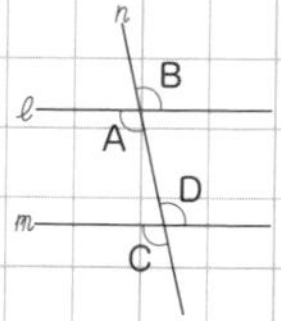

①∠B　②∠C　③∠D

Q.3 **下列何表為表示兩個三角形相似的符號？**

①∽　②＝　③≡

答案　Q.1……②／Q.2……②／Q.3……①

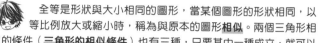

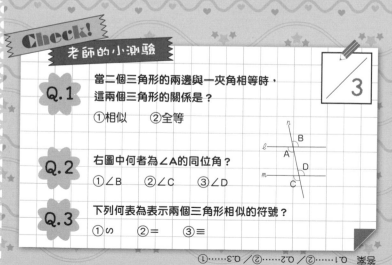

No.
Date

小圓的戀愛number

17.8%

送巧克力向男生告白的比例

還好我鼓起勇氣，把親手作的巧克力送給解人！希望他會明白我的心意……。

在日本，「情人節＝告白」的色彩強烈，不過朋友之間也會互換巧克力，或是發一些人情巧克力，亦會購買高級巧克力犒賞自己，有各種不同的過法呢。

根據某一項調查，女性在情人節贈送巧克力給男性告白的比例為17.8%。國中生是15.0%。告白果然需要勇氣啊。不過，如果一直沒辦法向心儀對象表達自己的心意，也可以好好利用一年一度的情人節活動，鼓起勇氣告白！

對了，我之前住的英國，情人節是情侶專屬的節日，並不是女性送巧克力給男性的日子哦。通常男性都會送女性花束，也會彼此交換禮物。還有，英國可沒有男性回禮的「白色情人節」哦。

（江崎glico的調查）

【第7章】向妳證明不變的心意。

充耳不聞三井伯母的叫喚聲，我衝回空無一人的家裡。

打開客廳的電燈，倒在沙發上。我的心還是跳得好快……。

那個粉紅色的魔術方塊，是夏天的時候，在煙火大會的那天，他送我戒指，所以我打靶射中之後當回禮送他的。

雖然他嘴巴上說「成年男性怎麼能用這種東西。」不過他還是一直留著。

……我可以有所期待嗎？

等到解人回來之後，看到我放在桌上的巧克力，他會怎麼想呢？

我稍微拉開窗戶。……啊！燈亮著！他回來了！

我聽到心臟發出噗嗵噗嗵的聲響。

我輕輕的拉上窗戶，以免被解人發現。

「小圓，妳在嗎？」

被發現了！怎麼辦!?

「我想妳在，所以我就說了。……說起來，這種事不方便當面說，所以妳就這樣聽吧。」

冷風從窗縫中吹了進來，把窗簾吹得鼓起來了。

我把背靠在窗戶上，用顫抖的手按住嘴色，等他說下去。

「謝謝。我很高興。……因為我明白妳的心意。」

我感到眼淚落到臉頰上了。

「……晚安。明天見囉。」

我聽見解人關上窗戶的聲音。

就算我不說，就算沒看到我，解人還是什麼都明白了。

大概連我看見魔術方塊的事，他也……。

我關上窗戶後緊盯著對面。

我覺得現在是我最喜歡解人的時候了……。

隨著二月接近尾聲，班上已經完全進入備考狀態。

全班都到齊的日子越來越少了，大家都在討論誰去考哪一所高中。

第三學期才剛始，島田老師就向大家宣布我畢業後馬上就要回倫敦的事情。

因此大家的態度也慢慢改變了，我也沒有再被其他人當成透明人了。

那一天，來上學的同學都坐在座位上吃營養午餐。

五十嵐同學原本在說模擬考的及格標準，接著突然對著我說。

「七瀨同學妳很好耶。不用參加大考，好輕鬆哦。」

「呃……。啊，對啊。對不起……」

我不假思索的道歉，詩織說話了。

「小圓不需要道歉吧？」

「咦？為什麼？」

五十嵐同學一臉不滿的反問道。

「等到她回英國之後，又要趕上那一邊的學校的進度了吧？而且還全都是英文，身邊都是外國人。那一邊反而比較累吧？」

詩織說完之後，又對我露出一副「對吧？」的表情。

詩織真的好溫柔哦。

好不容易遇到這麼好的朋友，馬上又要分離了……。

糟了，我快哭出來了。非得趕快改變話題不可！

「馬上就要畢業考了呢。總共有九科，好可怕哦。」

「考試怎樣都無所謂吧？重點是沒什麼心情準備。」

「這樣啊……」

我好像又失敗了……。

不過我希望在最後一次數學考試的時候，考好一點，好給解人一個驚喜。

昨天晚上，我一直跟解人之前推薦給我的參考書奮戰到很晚。

勾股定理我也搞懂了！

好像也叫做「畢氏定理」，聽起來好可愛，我很喜歡。

……話說回來，我好像比以前還喜歡數學了。

我一直覺得數學很難，搞不懂，不過那似乎只是我一廂情願的想法。

我發現我從來沒有認真學習過。

幾天後。吃完晚餐之後，我攤開客廳桌上的雜誌。

這些雜誌是昨天剛寄來的，裡面大篇幅介紹了媽媽的品牌。

也有去年夏天的時候，媽媽帶我到攝影現場時拍的照片。

模特兒都好棒哦……。每一個人的姿勢和表情都好完美。

他們要不停的換衣服，每次都要重新化妝和造型，明明就很辛苦的，可是他們完全不會讓人感受到背後的辛酸，好厲害哦……。

我真的可以成為模特兒嗎？

「我回來了～」

媽媽回來了。也許是已經成功建立品牌了，她最近都能早一點回來。

我擱下雜誌，起身迎接媽媽。

「歡迎回來。」

「學校快結束了吧。畢業考的成績發回來了嗎？」

對了！我有一個大消息要告訴媽媽！

「聽我說哦！我數學考了92分耶！這是我第一次考90分以上呢！」

「好厲害哦！解人一定很高興吧？」

「唔、嗯。」

媽媽好敏銳……！沒錯，解人真的對我說了。

雖然是用旁人幾乎不會聽見的音量，小聲的對我說了句「妳很努力呢！」……。

這還是解人第一次誇我用功讀書，我太開心了，差一點哭出來。

「太好了。……接著這件事之後說，對妳有點不好意思…」

噗嗵……。每次有什麼不好開口的事情，媽媽都會這樣說。

「我跟公司還有爸爸談過之後，決定了要回英國的日子了。三月二十日，上午的飛機哦！」

「二十日……。怎麼這麼趕……」

「不好意思。不過畢業典禮結束了吧？可以等到妳畢業再回去。」

這樣啊……只剩下兩個星期了。

在這之前，三月十四日是解人的生日。

他跟我差了九歲，所以快要滿二十四歲了。我們的年齡差距又要拉大了……。

我想起之前，到解人房間請他教我「圓」的作業時的事情了。

「我跟小圓住在隔壁也是一種緣份，成了同一所學校的老師和學生也是另一種緣份，但其實還有一個緣份呢！」

解人把筆放下，露出有什麼重大發現的表情。

「妳的名字寫成『圓』，我的生日是跟圓周率 π 相同的3．14。妳說對吧？」

「真的耶……」

想到還有另一個串起我和解人的事情，我就覺得好感動。

其實，之前只要看到解人在黑板上寫「圓」這個字，我都會覺得心跳加速。
今天的課會寫幾個「圓」呢？他會不會一邊寫一邊想著我呢？
到了即將離別的現在，我覺得既懷念又無奈。
我回到自己的房間，望著牆上的月曆。
這樣子好嗎？……不，絕對不好。
也許會對他造成困擾，不過我一定要在解人生日的時候，告訴他我的心情。
而且他之前一直幫我，我也想要送個禮物給他……。
以前我曾經在卡片上寫了「生日快樂」，還畫了他的頭像。
不過我已經不是小孩子了，我想送他一份比較正經的禮物。
什麼東西是我可以親手製作，解人收到之後會喜歡的禮物呢？
我四處張望找尋靈感，這時桌上的手機響了。
咦，數也!?後來我們就沒有聯絡過了……。
我有一點猶豫，在鈴聲斷掉之前，我還是下定決心接了。
「……啊、小圓？我是數也。」
「啊，嗯……。好久不見了。」

「我一直在想妳不知道過得好不好？馬上就要畢業典禮了吧？」
「你怎麼知道？」
「我可是從那裡畢業的呢。上個星期六我去看足球練習時聽小三說的。」
突然聽到「小三」這個字，讓我陷入沈默，數也悄然說道。
「小圓真的很好懂耶～」
「咦……」
「一講到小三的名字，妳馬上就不說話了。妳真的這麼喜歡他啊？」
「……」
「妳看看，又來了！唉，看來真的沒辦法了。」
「什麼？」
「妳們兩個人之間，真的沒有我介入的餘地了！其實在打電話給妳之前，我還有一點期待！」
「……對不起。」
「不用道歉啦。……不過小圓跟小三真的很像。」
「……怎麼說？」

「小三也一樣，只要我提到小圓的事，他就不說話了。……真是的，我全都知道了啦，你們兩個也不用再隱瞞了。」

怎麼回事……？

「今天會打電話給妳，是因為我想啊，在小圓妳回倫敦之前，不知道我能不能幫妳做什麼。例如在妳面前展現我帥氣的一面，再說『別了』之類的。」

數也真是個好人。我的胸口好痛哦……。

「有嗎？有沒有什麼可以幫妳的，或是有什麼想問的事？」

想問的事……？有嗎……？啊、對了！

「……那個，解人的生日快到了，你覺得男人喜歡收到什麼禮物呢？」

「什麼啊，想問的事還是跟小三有關嘛！……算了。我想想……啊，幸運繩如何呢？他以前看我戴，還說『好酷』呢！」

「幸運繩？」

「就是足球選手常戴的那種啊。我也有戴，只要戴在腳踝上，平時可以用襪子遮住。」

這樣啊……。這樣就不會被別人發現了，說不定他就願意戴上了！

「……嗯，我就送這個。真的很感謝你！」

掛上電話之後，我立刻上網搜尋幸運繩的做法。

幸運繩有很多種設計，喜歡數學的解人應該會喜歡幾何學圖案吧？

……好了，就決定用這個了！

第二天放學後，我帶著紙條到購物中心。

目的地是手工藝用品店。

為了編出幾何學圖案，我慎重小心的挑選四種顏色的繡線。

主色是我覺得最適合解人的綠色。

我急忙趕回家，又打開昨天的網頁，一邊看一邊做。

幸運繩看起來很簡單，開始製作之後，才發現線很容易鬆掉或打結，其實很難耶……。

我差一點就要放棄了，不過我還是算著格數，仔細的編織，慢慢的圖案就浮出來了。

我覺得很開心，著了迷似的編著，帥氣的幸運繩一下子就完成了。

嗯，以第一次來說，做得應該算不錯吧!?

我心滿意足的望著它，這時傳來敲門的聲音。

「小圓，可以打擾一下嗎？」

我慌忙地把剛完成的幸運繩藏在抽屜裡。

「請進。」

門喀嚓一聲打開，媽媽走了進來。她似乎一臉嚴肅的樣子……？

「我有一件事一定要向小圓道歉……。因為工作的關係，回英國的時間要提前了。」

「蛤！怎麼這樣！什麼時候！？」

「十六日哦。」

「這樣我就不能參加畢業典禮了耶！一定要提前嗎？」

「真的很對不起妳。我也想辦法調整那一邊的工作行程，可是已經沒辦法變動了。爸爸也不太高興……。請妳見諒吧…」

媽媽將雙手放在臉的前面合十，拼命的向我道歉，我已經沒什麼可以說的了。

可不只是沒辦法參加畢業典禮而已。能跟解人在一起的日子也縮短了。

每一天每一天，真的都很重要耶……。

當房間裡只剩下我一個人的時候，我壓抑著想哭的心情，寫著要跟幸運繩一起送出去的信。

這是我五年來的心情。我不是用三年一班七瀨圓的身份，而是住在隔壁的小圓。

三月十四日終於到了。

我想了好幾天，拼命的想該怎麼交給他，要說什麼話。

因為畢業典禮快要到了，最近他好像都很晚才從學校回來。

雖然走到隔壁交給他很簡單，不過又不像以前一樣，可以在伯母面前說。

我也想過從陽台過去，不過這已經是最後一次見面了，我想要好好的表達自己的心情。

沒辦法了，只好估算解人可能會回家的時間，在家門口等他好了。

天色昏暗的時候，我待在我們家的院子裡，一邊看著馬路，等著解人回來。

解人什麼時候才會回來呢？

我緊張的在院子裡走來走去，這時我聽到隔壁的門喀嚓一聲打開了。

他回來了！

「解、解人！」

手正放在玄關門把上的解人回過頭。

「小圓……。怎麼了？」

「我有話一定要對解人說。因為伯母在家裡，所以你就在這裡聽吧！」

「……嗯。」

在玄關的光線之下，我抬頭看著解人的臉，他的臉上浮現緊張的神色。

「……那個。生日快樂！」

「啊、嗯，謝謝。」

解人害羞的笑了，我稍微鬆了一口氣，鼓起勇氣接著說。

「還有呢，我想你早就知道了……在這個世界上，我最喜歡的就是解人了。不管距離多麼遙遠，這五年來我的心意一直都沒有改變。」

我只說了這些話，將放著幸運繩和信的小紙袋交給他。

解人猶豫了一會兒，一臉困擾的收下了。

「謝謝。……不過現在我還沒辦法給妳答覆…」

第二天。這是我到這所國中上學的最後一天了。

在放學的班會上，解人站在教室後面看著我向大家道別。

昨天晚上我是哭著入睡的，所以今天眼皮好腫，真是糟透了。

一進教室，詩織是第一個發現的人，不過我沒告訴她原因。

這是解人最後一次見我，真不希望是這付模樣啊……。

大家的拍手結束之後，島田老師從抽屜裡拿出某個東西。

「來，這是提早給妳的畢業證書。只有七瀨的哦。」

我收下之後，回到座位，教室裡突然一片鬧哄哄。

「讓我看一下嘛~。上面寫了什麼？」

「畢業證書嘛，不就是寫『准予畢業此證』嗎？」

島田老師笑著，從隔壁探過頭來的四谷同學大聲叫道。

「是『三月十九日』耶！不是今天嘛！」

「沒辦法啊？七瀨沒辦法參加當天的典禮。」

雖然島田老師幫我說話，可是我還是好難過。

都是媽媽啦。每一次都是工作、工作……。

雖然媽媽說明天一大早就要起來了，叫我早一點睡覺，不過我今天晚上實在是太難過了，根本睡不著。

咦？窗戶外頭好像有什麼聲音……。

我走下床環顧房間，我看到窗簾的後方有一個人影。

我伸出顫抖的手打開窗戶的鎖。……不敢相信。……是解人。

每一次都是我跑過去，解人從來就沒有來過呢……。

「不好意思，在這種時間、這種地方。……恭喜妳畢業了。接下來我們來辦一場兩個人的畢業典禮吧。把今天拿到的畢業證書拿出來。」

雖然我搞不清楚狀況，我還是照解人說的，拿出畢業證書。

「畢業證書。七瀨圓。右者在本校國民中學修業期滿准予畢業此證。三月十五日。」

解人靜靜的朗讀，用比平常更認真的表情說。三月十五日……。

「接下來我有話要對小圓說。」

「咦……什麼？」

「現在，我們已經不是老師和學生了，所以才能說出口。……我一直有一個解不開的問題。那就是『為什麼我喜歡七瀨圓』這個問題。」

咦……。剛才他說了「喜歡」……!?

「我解了好多次。面臨解不開的時候，我也曾經試著跟妳保持距離。不過，當我得知小圓要回倫敦的時候，我重新面對了這個問題。……我只說一次，妳聽清楚了。」

我點點頭，解人盯著我的眼睛說。

「假設人打從心裡發出微笑，是和喜歡的對象在一起的時候。以此為假設，證明『三井解人喜歡七瀨圓』。

三井解人是人類。這是明確的事實。

根據假設，人發自內心露出微笑，是和喜歡的對象在一起的時候。

三井解人和七瀨圓在一起的時候，就會發自內心露出微笑。

因此，三井解人喜歡七瀨圓。……不，是最喜歡了。不管是現在還是未來……永遠都是。」

我太高興了，什麼都說不出來。只是不停的掉眼淚。

「我的心情絕對不會歸零。所以，只要妳的心情沒有歸零，我們一定沒問題的。總有一天，我會親自證明我的證明是正確的。」

解人輕輕拍了我的頭之後笑了。……用戴著幸運繩的手。

第二天，我跟媽媽一起到成田機場的離境大廳。

媽媽去上洗手間之後，我馬上拿出解人送我的玩具戒指。

繞了一圈之後又回到原點，完美的圓象徵著沒有開始也沒有結束的「永遠」——。

解人在圓周角定理的課堂上曾經提過。……「永遠」真的存在嗎……？

「小圓！」

此時戒指不小心滑落，發出聲響掉在地上滾動。

這個聲音，我應該不會聽錯……。

「解人……!?」

「昨天我有話忘記跟妳說了……。我跟島田老師說了個謊，偷偷從學校溜出來了。」

解人不停的喘氣，他把滑落的眼鏡戴好，露出羞赧的微笑。

「模特兒的夢想，妳一定可以實現的。我會努力當個配得上妳的男人。」

「可是……解人不在的話，我……」

「小圓妳一定辦得到。撐不下去的時候，就想想我對妳說的證明吧。……等到妳二十歲生日那天，我一定會去倫敦見妳。在那之前要好好加油！」

解人老師的特別講座⑦

好啊！這裡要說明的是證明！
解人，請講解更多第 7 章裡★的部分！

勾股定理我也搞懂了！

（149 頁）

「**勾股定理**」又稱為「畢氏定理」哦。勾股定理是如直角三角形的兩直角邊長度各為a、b，斜邊長為c時，則 $a^2+b^2=c^2$ 成立，表示**直角三角形三個邊長的關係**。順帶一提的是斜邊位於直角對面的邊，是三邊中最長的邊。

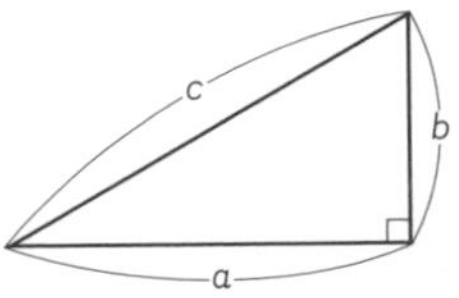

解人在圓周角定理的課堂上曾經提過。

（163 頁）

右圖中∠APB是對應弧AB的**圓周角**。弧相同的∠AQB與∠APB相同，∠APB與∠AQB的大小為中心角∠AOB的一半。也就是，對應同一個弧的圓周角大小固定，都是對應弧的中心角的一半。這就叫做**圓周角定理**。重點在於「同一個弧」哦。

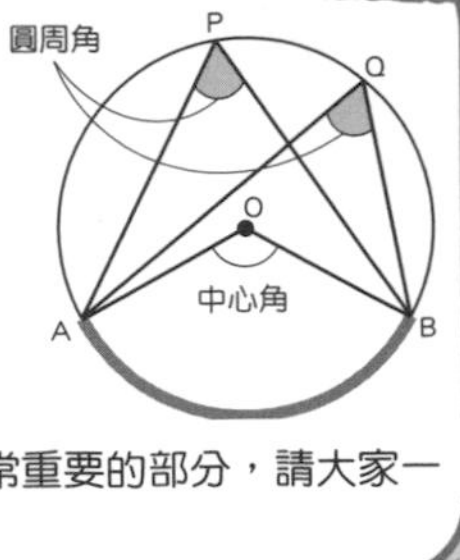

圓周角定理在國中數學中，是一個非常重要的部分，請大家一定要學會哦。

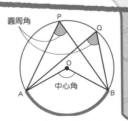

證明「三井解人喜歡七瀨圓」。

（162 頁）

數學的**證明**乃是以已經被認定為正確的事項為根據，按照步驟從**假設**導出**結論**。假設是我們已知的部分，結論則是欲證明的部分。

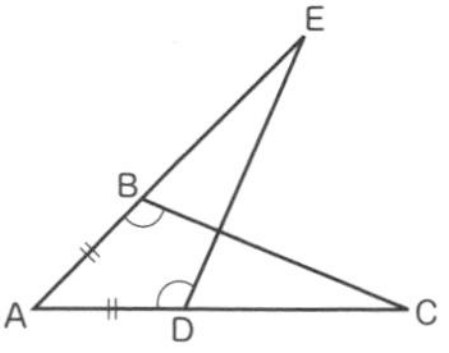

舉例來說，請證明「假設右圖中，AB＝AD，∠ABC＝∠ADE，則△ABC≡△ADE」。

首先，假設為AB＝AD，∠ABC＝∠ADE，結論是△ABC≡△ADE吧。在之前提到的全等條件中，「兩個角與一邊對應相等」似乎可以派上用場。讓我們來證明吧。

（證明）關於△ABC與△ADE

假設AB＝AD……① ← 假設
∠ABC＝∠ADE……② ← 假設
為共通角，所以∠BAC＝∠DAE……③ ← 根據
由①、②、③可得知兩個角與一邊對應相等， ← 根據
故△ABC≡△ADE ←結論

這樣證明就成立了。對於小圓的證明也是用這種方式哦。

Check! 老師的小測驗

3

Q.1 **當直角三角形的兩直角邊長為3cm與4cm時，斜邊為幾cm？**

①5cm　②7cm　③12cm

Q.2 **當對應弧AB的中心角為120°時，對應弧AB的圓周角為幾度？**

①240°　②120°　③60°

Q.3 **「當△ABC的3邊相等時，3個角也相等」，這一句的結論是？**

①3邊相等　②3個角相等

答案　Q.1……①／Q.2……③／Q.3……②

小圓的戀愛number

No.

Date

76%

解人和小圓的速配指數

好想知道跟心儀的人是不是相配呢！雖然星座占卜跟血型占卜比較有名，但日本還有一種「數字占卜」哦。大家聽過嗎？將彼此的姓名換成數字，再加起來的算法。假設日文中的平假名「あ」行就是1，「い」行則是2……用這個方法換成數字。就會變成這樣了。

「三井解人」→232125「七瀨圓」→114151

接下來則是把旁邊的數字不停的相加，寫下個位數，請一直加到剩下二位數為止哦。

232125114151	⋮
55337625566	（省略4次） ⋮
0860387012	8676
846315713	433
⋮	76

76%的話感覺還不錯吧！好高興！不過我們家的爸爸跟媽媽更厲害哦！「ななせのぼる」（七瀨昇）和「ななせさきこ」（七瀨佐紀子）算的話，竟然是98%！我就是他們兩個人生下來的呢！

倫敦
希斯洛機場
五年後
Terminal 3
Departures
從今天起
我就滿二十歲了。
等到妳二十歲生日那天，
我一定會去倫敦見妳。
在那之前要好好加油哦！

我相信解人會來找我，
所以我到這裡來了。

看到這塊招牌，
他一定可以
馬上找到我！

我成為模特兒的夢想實現了。
開始接了一些雜誌和廣告。
MADOKA
我認真的努力了
因為我跟解人約好了。
比起小時候不能見面的那五年，
我覺得這次更漫長了。
──不是
我比當時更喜歡他了。
已經這麼晚了。
他會不會忘了我們的約定？
該不會早就忘記我了…
我的心情跟當時完全一樣不曾改變。
解人…！

妳，真的是那個小圓嗎？
CHERRY BLOSSOM
解人…

解人！
生日快樂！
我一直…
一直都很不安…
我想五年來感覺都沒有改變…這樣的可能性可能不到1%吧…
我可是覺得99%沒問題呢！

不管我人在哪裡，
一次都沒有把小圓的事情給忘記。
所以，時間過得越久，我越能確定，
我的證明正確無誤！
可是
小圓成了模特兒，又變漂亮了。
超有型的。說不定早就交了一個英國的男友呢！我偶爾也會這麼想。
剩下的1%就是這個吧！

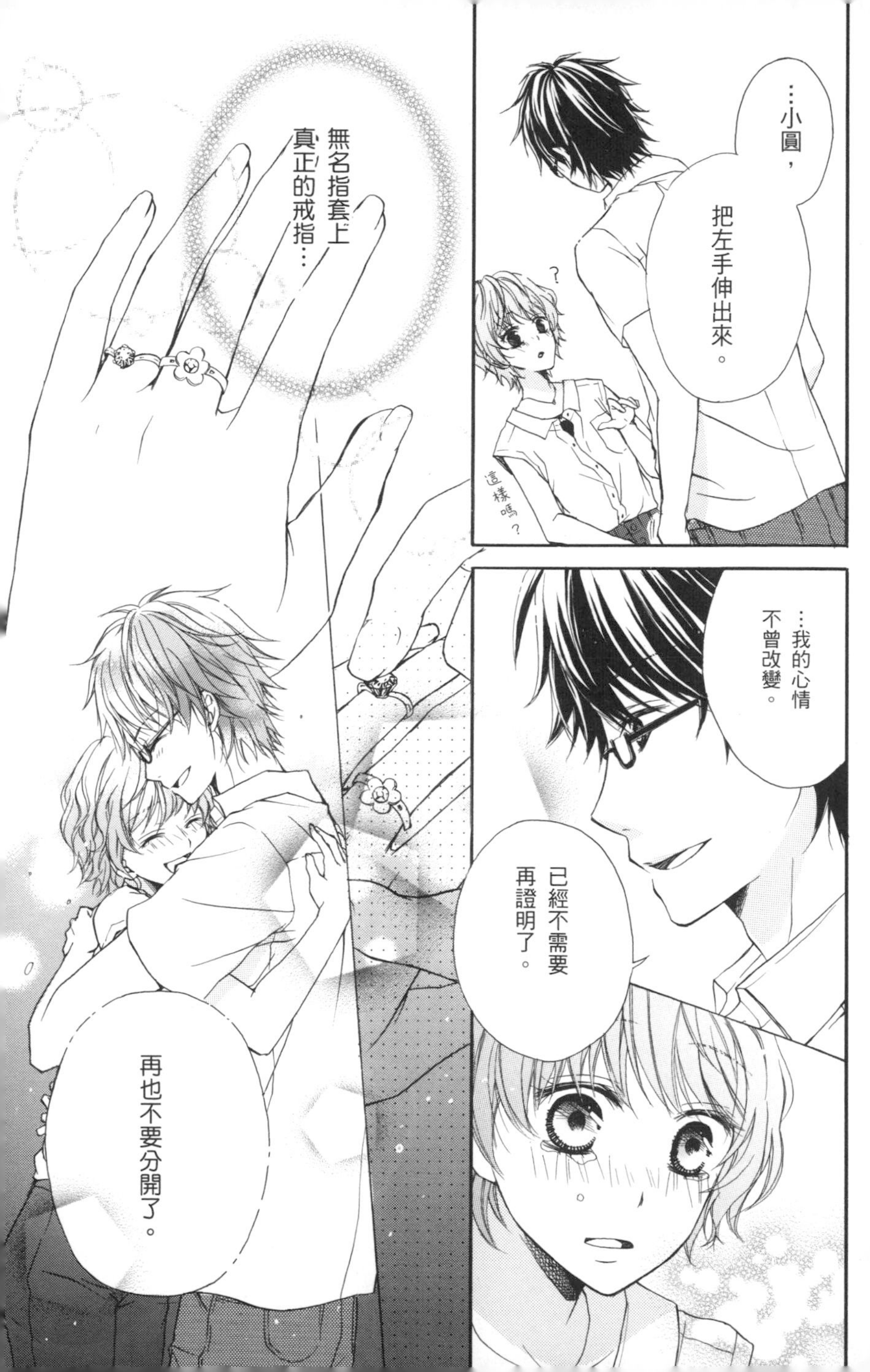
…小圓，
把左手伸出來。
？
這樣嗎？
…我的心情
不曾改變。
已經不需要
再證明了。
無名指套上
真正的戒指…
再也不要分開了。

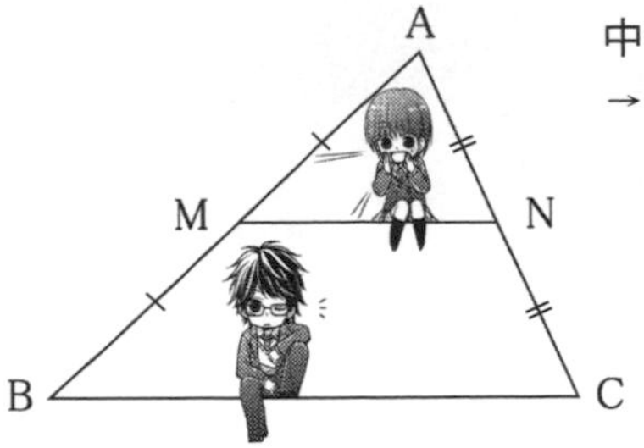

中點定理

→假設邊AB、AC的中點為M、N，

MN // BC

$MN=\frac{1}{2}BC$

平行四邊形

→定義…兩組對邊分別平行

性質…①兩組對邊相等

AB＝DC　AD＝BC

②兩組對角相等

∠A＝∠C　∠B＝∠D

③對角線互相平分

OA＝OC　OB＝OD

特別的平行四邊型對角線

→①長方形…長度相等

②菱形…垂直相交

③正方形…長度相等，垂直相交

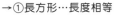

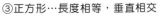

證明時好用的定理&性質

這裡要介紹一些可以用在數學證明題上的圖形定理與性質哦。
請大家好好利用在課業上哦！

勾股定理

→如直角三角形的三邊為 a、b、c時，則

$a^2+b^2=c^2$

↑C為斜邊

圓周角定理

→對應同一個弧的圓周角大小固定，都是對應弧的中心角的一半

$\angle APB = \angle AQB$

$\angle APB = \frac{1}{2} \angle AOB$

平行線的性質

→平行線的同位角、錯角相等

如l ∥ m時

$\angle a = \angle c$（同位角）

$\angle b = \angle c$（錯角）

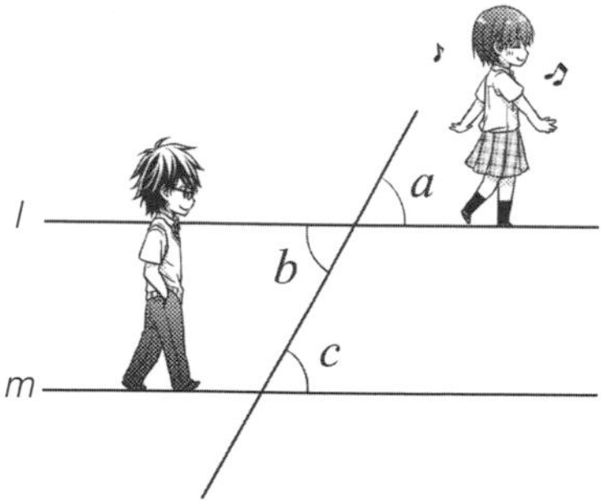

等腰三角形

→定義…兩邊長度相等的三角形

性質…①底角相等 $\angle B = \angle C$

②頂角平分線垂直平分底邊

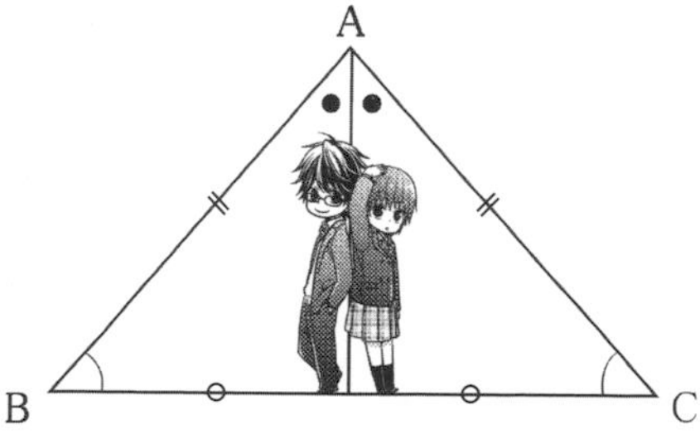

TITLE

喜歡♡的證明式

STAFF

出版	瑞昇文化事業股份有限公司
編著	セン恋。製作委員会
漫畫	七輝 翼
譯者	侯詠馨

總編輯	郭湘齡
責任編輯	林修敏
文字編輯	王瓊苹　黃雅琳
美術編輯	李宜靜
排版	菩薩蠻數位文化有限公司
製版	大亞彩色印刷製版股份有限公司
印刷	絋億彩色印刷股份有限公司
法律顧問	經兆國際法律事務所　黃沛聲律師

戶名	瑞昇文化事業股份有限公司
劃撥帳號	19598343
地址	新北市中和區景平路464巷2弄1-4號
電話	(02)2945-3191
傳真	(02)2945-3190
網址	www.rising-books.com.tw
Mail	resing@ms34.hinet.net

初版日期	2013年6月
定價	180元

【セン恋。製作委員会】

木島麻子♥松田こずえ♥宮田昭子♥
田中丸由季♥七輝 翼♥古屋美枝♥
原てるみ♥須郷和恵♥田中裕子♥
上保匡代♥

國家圖書館出版品預行編目資料

喜歡的證明式／セン恋。製作委員会編著；侯
詠馨譯. -- 初版. -- 新北市：瑞昇文化，2013.05
176面；12.8x18.8公分
ISBN　978-986-5957-66-7 (平裝)

861.57　　　　　　　　　102008369

Daisuki No Shoumei[Sugaku No Sensei]
©Tsubasa Nanaki/Gakken Education Publishing 2012
First published in Japan 2012 by Gakken Education Publishing Co., Ltd., Tokyo
Traditional Chinese translation rights arranged with Gakken Education Publishing
Co., Ltd.